U0098830

日本語能力試驗

N4 檢

一本有依據、有考據的單字書！

單

三民日語編輯小組 編著

本書乃針對「言語知識(文字‧語彙)」考試科目
根據
舊制測驗公布的《日本語能力試驗出題基準》
新制測驗公布的《新しい「日本語能力試驗」問題例集》
以及近十五年份的歷屆考題
2010年日本政府改訂的常用漢字表 編纂而成

∞∞ 三民書局

國家圖書館出版品預行編目資料

日本語能力試驗N4檢單 / 三民日語編輯小組編著. —
—初版一刷.——臺北市: 三民, 2011
面; 公分.——(日語能力檢定系列)

ISBN 978–957–14–5537–2 (平裝)
1. 日語 2. 能力測驗

803.189   100013871

© 日本語能力試驗N4檢單

編 著 者	三民日語編輯小組
責任編輯	李金玲
美術編輯	李金玲
校 對	陳玉英
發 行 人	劉振強
著作財產權人	三民書局股份有限公司
發 行 所	三民書局股份有限公司
	地址 臺北市復興北路386號
	電話 (02)25006600
	郵撥帳號 0009998–5
門 市 部	(復北店)臺北市復興北路386號
	(重南店)臺北市重慶南路一段61號
出版日期	初版一刷 2011年8月
編 號	S 809480

行政院新聞局登記證局版臺業字第〇二〇〇號

有著作權‧不准侵害

ISBN 978–957–14–5537–2 (平裝)

http://www.sanmin.com.tw 三民網路書店

前　言

　　「日本語能力試驗」旨在提供日本國內外母語非日語的學習者一個客觀的能力評量。在日本是由財團法人日本國際教育支援協會主辦,海外則由國際交流基金協同當地單位共同實施。自1984年首次舉辦以來,於2009年12月全球已有五十四個國家,包含日本在內,共二百零六個城市,五十一萬九千人參加考試。台灣考區也於1991年設立,如今共於台北、高雄、台中三個城市設有考場。

　　測驗共分為五級,N1程度最高,N5最簡單。考生可依自己實力選擇適合的級數報考。報考日期定於每年7月及12月上旬,兩個月後於同年9月及翌年2月(或3月上旬)寄發成績單,合格者並同時授與「日本語能力認定書」。

　　考試制度在2010年做了很大的變革,為了測試學習者真正的日語實力以及應用能力,出題比以往更著重日語溝通,範圍也擴大,不再只侷限於先前公布的出題基準。

　　但準備考試總要有個方向。因此,本局特別針對暢銷系列《檢單》進行大幅改版。除了依循舊制測驗時公布的《日本語能力試驗出題基準》,更將選字範圍擴及新制測驗公布的範本《新しい「日本語能力試驗」

問題例集》，以及近**十五年份的歷屆考題**，挑選出其中的生字。為求精準，另外還參考了日本主辦單位建立字彙庫時所依據的資料列表，內容包含了各式辭典以及統計數據等。

最後，當然也沒有忘記配合**2010年日本政府改訂的常用漢字表**，將漢字表記重新作了調整。

除了在選字方面的用心，編輯小組也考慮到新制測驗講求靈活的特性，特別鎖定「言語知識(文字‧語彙)」的考試科目，配合考試題型，新增「**類義代換**」「**即時應答**」「**何と言う？(發話表現)**」等單元，讓單字書有了新的面貌，不再只是單字書，而更像是本隨身的重點筆記！

三民書局向來秉承對教育用心的理念，精心編纂各式各樣檢定考試必備良書，日語編輯小組延續此一傳統，用心編輯，期許藉由本書紮實的內容，讓更多學習者能夠簡單學習，輕鬆通過日語檢定考試。

2011年8月
三民書局

本書使用説明

1 字首標示
便於查閱，一目了然

2 必備單字
根據新舊制度提綱及歷屆考題，精心篩選1125個詞條

3 重音標示
記憶字彙的同時，確保正確發音

4 外來語源
片假名與語源相輔相成，幫助記憶

5 漢字表記
區別「常用表記」與「常用外表記」

6 詞性
辨別詞性，加強理解

7 中文註釋
釋義簡明、精準，迅速理解正確用法

あ いうえお

1 あ₁/あっ₁ ☆「あ、危ない。」

國 啊、哎呀

2 ああ₁ ☆「ああ、そうですか。」

國 (感嘆或了解時)啊～；(呼喚人名時)啊～

3 アイスクリーム₅ "ice cream"

图 冰淇淋

4 あう₁ 【会う】 ☆「駅で会いましょう。」
あいます₃
あって₁
あわない₂

直1 見面，會面；遇見

5 あお₁ 【青】

图 青色(泛指藍色及綠色)

15

8 日常短句

依據新舊制度提綱及歷屆考題，篩選
日常應對短句，對應新制，著重實用

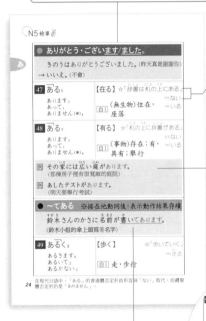

9 補充資訊

提供「類義」「對義」
「關聯」「實例」「參
見附錄」等提示，可
觸類旁通，事半功倍

10 例句

針對重點單字提示
用例，有助理解應用

11 相關單字

有效率學習相關單
字，加深記憶

12 重點句型

補充相關重點句型，幫助您
熟悉用法，增強實力

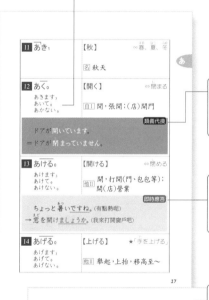

對應考試新制
精心企畫單元

特點 1
活用變化提示：動詞及形容詞活用變化與單字一併記憶，可收直覺式印象之效

特點 2
類義代換：對應新制「言い換え類義」測試的單元

特點 3
即時應答：對應新制「即時応答」測試的單元

特點 4
何と言う？：對應新制「発話表現」測試的單元

11 あき₁ 【秋】 ∞春、夏、冬
名 秋天

12 あく。 ⇔閉まる
あきます。 【開く】
あいて。
あかない。 自Ⅰ 開、張開；(店)開門

類義代換
ドアが**開いています**。
＝ドアが**閉まっていません**。

13 あける。 ⇔閉める
あけます。 【開ける】
あけて。
あけない。 他Ⅱ 開、打開(門、包包等)；開(店)營業

即時應答
ちょっと暑いですね。(有點熱呢)
→窓を**開けましょうか**。(我來打開窗戶吧)

14 あげる。 ★「手を上げる」
あげます。 【上げる】
あげて。
あげない。 他Ⅱ 舉起、上抬、移高至～

17

558 たのむ₂ 【頼む】
たのみます。
たのんで。 他Ⅰ 請求、拜託
たのまない。

何と言う？
(私は斉藤さんにコピーを頼みました。)
☞斉藤さん、これをコピーしてください

對應考試新制
精心企畫單元

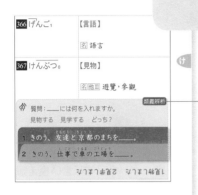

366	げんご₁	【言語】
		名 語言
367	けんぶつ。	【見物】
		名 他Ⅲ 遊覽・參觀

け

類義辨析

❀ 質問：＿＿には何を入れますか。
見物する　見学する　どっち？

1 きのう、友達と京都のまちを＿＿。

2 きのう、仕事で車の工場を＿＿。

1見物しました　2見学しました

— 特點 5 —

類義辨析：針對易混淆的類義字，以問題形式同時列出，提供讀者藉由進行比較及思考其中差異，能夠明辨用法

例 その仕事はぜひ私にやらせてください。
（那項工作請務必讓我來做）

即時應答

今コーヒーを飲みに行くところですが、
いっしょにどうですか。（我現在正要去喝咖啡，要一
→ええ、ぜひ。（嗯・我一定去）　起去嗎？）

せ

565	せわ₂	【世話】
		名 他Ⅲ 照顧，照料，關照

例 私が子供の世話をしますから、安心してください。
（小朋友我會照顧・請放心）

◎ 世話になる　※接受關照・給人添麻煩

あのお医者さんにはお世話になりました。
（我受過那位醫生的照顧）

566	せん₁	【線】
		名 線條

134

— 特點 6 —

慣用短句：對應新制講求「實用化」的出題方向，特地挑選日語中常用到的慣用句，以重點的方式表記，加深學習印象

1 字首標示 開頭文字字級加大，閱讀一目了然；側標依五十音順序編排，有助快速查閱。

2 必備單字 參考舊制出題基準以及新制問題例集，外加蒐集十五年份考古題，字字有考據。

#符號 / 表示「或」，例如：あの。/あのう。意指兩種讀法都存在

3 重音標示 採畫線及數字雙標示：

#單字右下方標記若不只一個數字，表示該字有多種音調唸法

#接尾語、接頭語的發音音調，常會因連接的語詞產生變化，所以無法標示

4 外來語源 以英語雙引號" "表示外來語的字源，一般以英語為主，前方若標示有國名，表示源自英語以外的語言。

#例如：パン "葡pão" →表示源自葡萄牙語pão一字

5 漢字表記 以西元2010年日本內閣公告之改訂常用漢字表為基準。

#實心括弧【】內表示「常用表記」，包括「常用漢字表」範圍內(包含附表)的漢字及音訓

#空心括弧〖〗內表示「常用外表記」，包括「常用漢字表」之外的漢字及「表內漢字但表中未標示該音訓者」

6 詞　　性 方框內□表示詞性(見下頁) →

7 中文註釋 扼要說明字義及使用注意事項，有助迅速掌握字義，理解正確用法。

#符號 ( ) 表示可省略括弧內的字或作補充說明

8 日常短句 參考舊制出題基準以及新制問題例集，外加蒐集十五年份考古題，整理出常見短句並詳加說明使用方法。

符號	日文名稱	代表意義
名	名詞	名詞
代	代名詞	代名詞
イ形	イ形容詞	イ形容詞 (形容詞)
ナ形	ナ形容詞	ナ形容詞 (形容動詞)
自I	自動詞I	第一類自動詞 (五段活用自動詞)
自II	自動詞II	第二類自動詞 (上下一段活用自動詞)
自III	自動詞III	第三類自動詞 (カ變サ變活用自動詞)
他I	他動詞I	第一類他動詞 (五段活用他動詞)
他II	他動詞II	第二類他動詞 (上下一段活用他動詞)
他III	他動詞III	第三類他動詞 (サ變活用他動詞)
副	副詞	副詞
接続	接続詞	連接詞
感	感動詞	感嘆詞
連体	連体詞	連體詞 註：只有接續體言(名詞)的用法
連語	連語	連語 註：不同詞性的字結合作固定用法
助	助詞	助詞
接尾	接尾語	接尾語 ※包含量詞 (助数詞)
接頭	接頭語	接頭語

9 補充資訊 以下列六種符號表示與該字彙相關的提示

→…「同義字」或「類義字」
⇔…「成對字」或「反義字」
∞…「相關字」
★…《日本語能力試驗 出題基準》刊載實例
☆…本局日語編輯小組精心補充之「應用實例」
☞…參見「付錄」

10 例　句 針對重點單字提示例句，幫助理解應用。

11 相關單字 系統性整理相關字彙，有助加深記憶。

12 重點句型 補充相關重點句型，熟悉用法，增強實力。

＊

特點 1 活用變化提示：

動詞及形容詞活用變化是初級測驗中經常出現的題型，本書特別針對

◆ 動詞「ます形」「て形」「ない形」
◇ 形容詞「た形」「て形」「ない形」

作提示，列出變化形的重音，同步記憶，提升學習效率。

例：

あおい₂ 　イ形 ：辞書形　　しずか₁ 　ナ形 　辞書形
あおかった₁/₂ 　：た形　　しずかだった₁ 　た形
あおくて₁/₂ 　：て形　　しずかで₁ 　　て形
あおくない₁/₂-₄ ：ない形　しずかで(は)ない₁-₆ ない形

　↳ / 前的數字為傳統重音規則，/ 後的數字代表新式音調；
　　-4表示第 4 個字「な」在強調否定時，音通常會高起

　　例如：あおくない

註：關於日語發音原則請參考本局
　《別找了，日語發音這本最好用！》

11

あく。 $\boxed{自I}$ ：辞書形　　あける。 $\boxed{他II}$ ：辞書形
あきます₃ 　：ます形　　あけます₃ 　：ます形
あいて。 　　：て形　　　あけて。 　　：て形
あかない。 　：ない形　　あけない。 　：ない形

　↳ 套色代表有語尾變化　　　↳ 沒套色表示語尾沒有變化

特點 2 類義代換：

主要依據實際出題形式，揭示類義代換例句，提供學習者靈活思考。

特點 3 即時應答：

根據實際出題形式，列舉實況生活對話，幫助學習者熟悉日常會話對應。

特點 4 何と言う？：

對應新的出題形式，藉由提示情境，帶出該情境下合適的發話表現。

特點 5 類義辨析：

針對易混淆的類義字，以問題形式同時列出，提供讀者藉由進行比較及思考其中差異，能夠明辨用法。

特點 6 慣用短句：

對應新制講求「實用化」的出題方向，特地挑選日語中常用到的慣用句，以重點的方式表記，加深學習印象。

另有**反義對照**等特殊單元設計。

其他體例說明

[口]…表示口語用法

[敬]…表示敬語用法

[謙]…表示謙讓用法

[鄭]…表示鄭重、正式用法

ありがとう・ございます/ました

表示「・」後面的部分可省略

表示「ます」或「ました」皆可使用

| 14 アジア₁ | "Asia" |
| 名 亞洲 |
| 15 あす₂ | 【明日】 | → あした |
| 名 明天 |

→ ⁵あした

「補充資訊」左上方的數字表示之前出現過的字彙，例如5表示是N5的單字，請參見本系列N5檢單

注意：考量語意以及篇幅，部分跨級數的字彙（例如「出す」）在前幾級已列出的釋義，有時不會再出現在新的級數當中，請學習者自行參考每一級檢單

あ いうえお

1 **ああ**。	∽ ⁵こう、そう
	副 那樣，那麼
2 **あいさつ**₁	【挨拶】 ☆「お祝いのあいさつ」
	名 自Ⅲ 問候，寒喧；致詞
例 新しい仕事を始めたので今日はご挨拶に来たんです。	
（我有了新工作，今天是來打聲招呼的）	

類義代換

私はその人に「おはようございます」と言いました。

＝私はその人にあいさつしました。

3 **あいだ**₀	【間】 ☆「机と机の間」
	名 之間；期間，時段
例 赤ちゃんが寝ている間に、洗濯をしました。	
（趁小寶寶睡著的期間，洗衣服）	

あ

4 アイディア[1,3] /アイデア[1,3]	"idea"　　名 點子，主意

5 あう[1] あいます[3] あって[1] あわない[2]	【合う】　　☆「靴は足に合う」 自I 適合；一致，符合

6 あがる[0] あがります[4] あがって[0] あがらない[0]	【上がる】　　⇔下がる 自I 升上，上到；進(屋)；(程度)上升

例 バスがゆっくり坂を上がってきた。
（公車緩緩爬上斜坡駛來）

例 きのうは35度まで上がって本当に暑かった。
（昨天氣溫上升到35度，實在很熱）

即時應答

よくいらっしゃいました。**どうぞ**
お上がりください。（歡迎您來・請上來）　**註**：此説法僅適用室内比玄關高的住家
→ **失礼します。**（打擾了）

7 あかんぼう[0]	【赤ん坊】　　→[5]赤ちゃん 名 小寶寶，小嬰兒

8 あく。	【空く】 ☆「席が空いている」
あきます₃ あいて。 あかない。	自I 空，空出；有空

類義代換

今週は空いていません。
＝今週は暇がありません。

9 アクセサリー₁,₃	"accessory"
	名 飾品，配件

ゆびわ。	【指輪】	戒指
ネックレス₁	"necklace"	項錬
イヤリング₁	"earrings"	耳環

10 あげる。	【上げる】 ★「値段を上げる」
あげます₃ あげて。 あげない。	他II ⇔下げる 舉起，上抬，移高至～； 提昇，抬高(程度)

11 あさい。	【浅い】 ⇔深い
あさかった₂ あさくて₂ あさくない₄	イ形 (深度、色澤等)淺的； (關係等)淺的，不深厚的

イ形容詞非過去式(禮貌體)：浅いです・浅くありません・浅くないです

17

あ

12 **あさばん**₁	【朝晚】
	名 早晚，早上和晚上
13 **あじ**₀	【味】　　☆「この野菜は味が 　　　　　　　　　　　いいです。」
	名 味道，滋味
14 **アジア**₁	"Asia"
	名 亞洲
15 **あす**₂	【明日】　　　　　→⁵あした
	名 明天
16 **あずける**₃ あずけます₄ あずけて₂ あずけない₃	【預ける】　☆「荷物を預ける」
	他II 寄放
17 **あそこ**₀	
	名 (遠處)那裡，那邊； (談話雙方皆知曉的場所) 那裡，那個地方

例 駅前に新しいレストランができたんだって。 （聽說車站前開了家新的餐廳） → ああ、あそこか。知ってますよ。 （啊・那裡呀・我知道呀）	

18 あそび。	【遊び】 ☆「子どもの遊び」 名 遊戲；遊玩
19 あたたかい4 あたたかかった 3/4 あたたかくて 3/4 あたたかくない 3/4-6	【温かい】 ☆「温かい言葉」 ⇔冷たい イ形 (物體等)溫的；溫情的
20 あつさ1	【暑さ】 名 熱，天氣炎熱的程度
21 あつさ。	【厚さ】 名 厚度
22 あつまる3 あつまります 5 あつまって 3 あつまらない 4	【集まる】 ∞集める 自I 聚集，集合

イ形容詞過去式：温かいかったです　　　　（×）温かいでした
　（禮貌體）　　温かくないかったです　　　（×）温かくないでした
　　　　　　　温かくないありませんでした

19

あ

23 **あつめる**₃ あつめます₄ あつめて₂ あつめない₃	【集める】 　　　　　　　　∞ 集まる 他II 收集；集中，使聚集
例 みんなから旅行のお金を集めます。 　(從大夥那兒收集要去旅行的錢)	
24 **あと**₁	【後】 副 (接在數詞前) 再， 後頭僅剩
例 あと5分しかありません。急ぎましょう。 　(只剩5分鐘了，我們快點)	
25 **あな**₂	【穴】 名 洞穴
26 **アナウンサー**₃	"announcer" 　　　☞ 職業 名 播報員，廣播員
27 **アニメ**₁,₀ /**アニメーション**₃	"animation" 　　　　∞ 漫画 名 動畫，卡通

28 あ<ruby>の</ruby>ね₃	☆「あのね、お<ruby>母<rt>かあ</rt></ruby>さん。」
	感 （熟人間）呼喚、開啟話頭或用在句前提醒注意
29 あ<ruby>ぶら</ruby>₀	【油】
	名 油
30 ア<ruby>フリカ</ruby>₀	"Africa"
	名 非洲
31 ア<ruby>メリカ</ruby>₀	"America"　☆「<ruby>北<rt>きた</rt></ruby>アメリカ」
	名 美洲；美國
32 あ<ruby>やまる</ruby>₃ あやまります₅ あやまって₃ あやまらない₄	【謝る】 自他Ⅰ 道歉，認錯

類義代換

<ruby>私<rt>わたし</rt></ruby>は<ruby>小川<rt>おがわ</rt></ruby>さんに<ruby>謝<rt>あやま</rt></ruby>りました。

＝私は小川さんに「ごめんなさい」と<ruby>言<rt>い</rt></ruby>いました。

33 あら₁,₂	
	感 [女] (表驚訝或意外)咦，哎呀，啊

34 あり。	【蟻】
	名 螞蟻

35 ある₁ あります₃ あって₁ ない(*)₁	【有る】
	自I 有，具有；舉行；發生；感受有

例 とても強い地震がありました。
（發生了非常強烈的地震）

例 きのうから少し熱があって、頭が痛いんです。
（從昨天開始有點發燒、頭痛）

　　　　　　　　　　　　　　　　　類義代換

ゆうべ友達から電話がありました。

＝ゆうべ友達は私に電話をかけました。

● ～てある ※前接他動詞，表示動作結果存續或做好準備

7時にレストランを予約してあります。

（我已經訂好了餐廳）

在現代日語中，「ある」的普通體否定形是由形容詞「ない」取代。

36 アルコール₀	"荷alcohol"
	名 酒精；酒
37 アルバイト₃	"徳Arbeit"　　☆アルバイトする
	名 自Ⅲ 打工，兼差
38 アンケート₁,₃	"法enquête"
	名 問卷調查
39 あんしん₀	【安心】　　　　　　☆安心する
	⇔心配
	名 自Ⅲ ナ形 安心，放心
40 あんぜん₀	【安全】　　　　⇔危険、⁵危ない
あんぜんだった₅ あんぜんで₀ あんぜんで(は)ない₅,₇	ナ形 名 安全

類義代換

あの辺は安全です。
＝あの辺は危なくありません。

23

あ

41 **あんな〜**₀	∞⁵こんな、そんな
	連体 那樣的〜(指遠處或談話雙方有共識的事物)

42 **あんない**₃	【案内】 ☆案内する
	名他Ⅲ 引導；導覽，導遊

例 空港(くうこう)からお客(きゃく)さんをホテルまで案内する。
(從機場把客人引領到飯店)

例 大阪(おおさか)に行(い)ったとき、山川(やまかわ)さんが案内してくれた。
(我去大阪的時候，山川先生為我導覽)

43 **あんなに**₀	∞こんなに、そんなに
	副 那樣地，那麼地(指談話雙方有共識的事物)

例 きのう食(た)べたケーキ、とてもおいしかったね。
(昨天吃的蛋糕，很好吃吧)

→ そう。あんなにおいしかったケーキは初(はじ)めてです。
(沒錯，我還是第一次吃到那麼好吃的蛋糕)

あいうえお

44 イーメール₃	【Eメール/eメール】
	→⁵メール、電子メール
	名 電子郵件
45 いか₁	【以下】 ⇔以上
	名（数量、程度低於）以下
46 いがい₁	【以外】
	名 以外，除～之外
47 いがく₁	【医学】
	名 醫學
48 いきかた₀	【行き方】 ☆「駅への行き方」
	名 前去的方法，去法，走法

い

49 いきる₂	【生きる】
いきます₃ いきて₁ いきない₂	自Ⅱ 活，活著

50 いく₀	【行く】
いきます₃ いって(*)₀ いかない₀	自Ⅰ 去，前往；來往，通行；任職，就學

例 息子は今大学に行っています。
（我兒子現在在上大學）

51 いく₀	【行く】
いきます₃ いって(*)₀ いかない₀	自Ⅰ (事物)進行，進展

例 新しい計画はうまくいかなかった。
（新計畫進展得不順利）

52 いくつも₁	【幾つも】 ☆「原因はいくつもあります。」
	副 好幾個，不少個

53 いくら～ても₁	☆「いくら待っても彼は来ない。」
	連語 再怎麼～也(後接反義)

動詞「いく」的て形變化為（○）「いって」，而不是（×）「いいて」。

54 いけない。	
	連語 不好，不妥； 不可以，不該

即時應答

行かなくてはいけませんか。(不去不可以嗎？)

→いけませんね。(不行耶)

● ～てはいけない　　　　　　※表前述動作不可以

試験中はほかの人と話してはいけません。

(考試時不可以和別人交談)

55 いけん₁	【意見】　　　☆「意見を言う」
	名 意見

56 いし₂	【石】
	名 石頭，石塊

57 いじめる。 いじめます₄ いじめて。 いじめない。	〖苛める〗
	他Ⅱ 欺負，虐待

い

		類義代換
	動物<ruby>どうぶつ</ruby>をいじめてはいけません。 ＝動物を大切<ruby>たいせつ</ruby>にしてください。	

58 いじょう₁	【以上】	☆「話<ruby>はなし</ruby>は以上です。」 ⇔以下<ruby>いか</ruby>
	名 (數量、程度優於)以上； (書信、發言結語)以上	

		類義代換
	この部屋<ruby>へや</ruby>には20人<ruby>にん</ruby>以上いると思<ruby>おも</ruby>います。 ＝この部屋にいるのは20人より多<ruby>おお</ruby>いと思います。	

59 いそぐ₂ いそぎます₄ いそいで₂ いそがない₃	【急ぐ】 自他Ⅰ 急，趕快

例	急いでいるので、すぐ帰<ruby>かえ</ruby>ります。 (我有急事要立刻回家)
例	電車<ruby>でんしゃ</ruby>に遅<ruby>おく</ruby>れる。急げ。 (會趕不上電車的，走快點!)

60 いた₁	【板】 名 板子

| 61 いたす_{2,0} いたします₄ いたして₂ いたさない₃ | 【致す】 他Ⅰ [鄭] 做 | →する |

61 いたす₂,₀	【致す】	→する
いたします₄ いたして₂ いたさない₃	他Ⅰ [鄭] 做	

例 飛行機の予約はわたしがいたします。
（我來訂機票）

例 それでは失礼いたします。
（那麼我就此告辭了）

62 いただく₀	【頂く】	∞くださる、 さしあげる
いただきます₅ いただいて₀ いただかない₀	他Ⅰ [謙] 領受；吃，喝	

例 先生に辞書をいただきました。
（我從老師那兒獲得字典）

例 先生のお宅でおいしいお酒をいただきました。
（我在老師家裡喝到好喝的酒）

● ～ていただく　※「～てもらう」的謙遜說法

先生にケーキの作り方を<u>教えていただきました</u>。
（老師教我如何做蛋糕）

● ～せていただく　※前接使役動作，表請求允許

あした<u>休ませていただき</u>たいんですが。
（明天請讓我休假好嗎？）

い

63 いちじていし₂	【一時停止】 ☆一時停止する
	名 自他Ⅲ 暫停(車子、音響等)
64 いつか₁	〖何時か〗
	副 (過去或未來)不確定何時，哪一天
例 私もいつか日本に行きたい。 (我也想有機會哪一天去日本)	
65 いつごろ₀	〖何時頃〗
	名 大約何時
66 いっしょ₀	【一緒】
	名 (行動)共同； (人或事物)一起，連同
例 このシャツは娘がくれました。靴下と一緒にね。 (這件襯衫是女兒送的，連同襪子一起)	
67 いっしょうけんめい₅	【一生懸命】 →熱心
いっしょうけんめいだった₅ いっしょうけんめいで₅ いっしょうけんめいで(は)ない₅₋₁₁	ナ形 名 拚命努力

● いってまいります。

行ってまいります。（我走了）　　※ ⁵「行ってきます」
→ 行ってらっしゃい。（請慢走）　　的鄭重說法

| 68 | いつでも_{1,3} | 〖何時でも〗 |

副　隨時，無論何時

即時應答

映画、いつにする？（何時要去看電影？）
→ 私はいつでもいいよ。（我隨時都可以）

| 69 | いっぱい₀ | 【一杯】 |

いっぱいだった₅
いっぱいで₀
いっぱいで(は)ない_{5~7}

ナ形 副　滿，充滿；非常多

例　ホテルは予約でいっぱいです。
（旅館都被預約滿了）

例　間違いがいっぱいあります。
（有非常多的錯誤）

| 70 | いつも₁ | |

名　往常

い

即時應答

あしたはどこで会いましょうか。
（明天要在哪兒見面?）

→ いつもの店の中はどう。（常去的那家店裡怎樣?）

71	いと₁	【糸】
		名 線，絲
72	いとこ₂	【従兄弟/従姉妹】 【従兄/従弟/従姉/従妹】
		名 表兄，表弟，表姉，表妹； 堂兄，堂弟，堂姉，堂妹
73	いない₁	【以内】 →以下
		名 以内，之内
74	いなか。	【田舎】
		名 鄉下，鄉村
75	いぬのさんぽ。	【犬の散歩】 ☆「犬の散歩をする」
		名 溜狗

| 76 いのる₂ | 【祈る】 |
| いのります₄
いのって₂
いのらない₃ | 他Ⅰ 祈禱，祝福，希望 |

| 77 いまごろ₀ | 【今ごろ】　　☆「今ごろ誰だろう。」 |
| | 名 現在此時，這會兒 |

例 玄関のベルが鳴ったけれど、今ごろ誰だろう。
（玄關電鈴響了，現在這個時間會是誰呢？）

| 78 いままで₃ | 【今まで】 |
| | 連語 至今為止 |

例 いままで3回引っ越したことがある。
（至今為止我搬過三次家）

| 79 いみ₁ | 【意味】　　☆「言葉の意味」 |
| | 名 意思，含意 |

| 80 いも₂
/おいも₀ | 【芋】【お芋】 |
| | 名 （地瓜、馬鈴薯等）薯類 |

33

い

81 いやがる₃	【嫌がる】
いやがります₅ いやがって₃ いやがらない₄	他I 討厭，不願意（主語為 第三人稱）

例 子供が薬を嫌がっています。
（小孩子討厭吃藥）

82 イヤリング₁	"earring"
	名 耳環

83 いらっしゃる₄	
いらっしゃいます(*)₆ いらっしゃって₄ いらっしゃらない₅	自I [敬] 在；來；去

例 どちらか質問のある方はいらっしゃいませんか。
（有沒有哪位有問題要問的?）

84 いれる₀	【入れる】 ☆「お茶を入れる」
いれます₃ いれて₀ いれない₀	放入，置入； 他II 加入；沖泡（飲品）； 通電啟動（機器）

例 今、お茶を入れたところなんです。
（我現在剛泡好茶）

例 暑いから、エアコンを入れてください。
（天氣好熱，請開空調）

34 動詞「いらっしゃる」的ます形以「いらっしゃいます」取代「いらっしゃります」。相同情形也出現在敬語「おっしゃる・くださる・なさる」上。

◎ 手に入れる ※入手，得到

自分の力でお金を手に入れました。
(靠自己的力量把錢弄到手)

85	いわい2,0 /おいわい0	【祝い】 名 祝賀；賀禮，賀辭

例 きのうは母の誕生日だったので、お祝いに靴をあげました。
(昨天是母親的生日・所以我送了鞋子作賀禮)

86	～いん	【員】 ☆「駅員」 接尾 ～員，～人員

87	インク0,1	"ink" 名 墨水，油墨

88	インターネット5	"internet" 名 電腦網際網路

あいうえお

う

89 ウール₁	"wool"
	名 羊毛；羊毛織品
90 うえ₀	【上】 ⇔下した
	名 上方，上面；(年紀)長；(程度、層級)高
例 私わたしには子こどもが2ふたり人います。上うえの子こは女おんなの子こです。 (我有兩個小孩，老大是女生)	
例 英語えいごは幸子さちこのほうが上うえです。 (英語是幸子比較強)	
91 うえる₀	【植える】
うえます₃ うえて₀ うえない₀	他Ⅱ 種，植，栽
92 うかがう₀	【伺う】 ★「お宅たくに伺う」
うかがいます₅ うかがって₀ うかがわない₀	→参まいる、訪たずねる 他Ⅰ [敬] 拜訪

あした先生のお宅に伺います。

＝あした先生のお宅にまいります。

93 うか<u>がう</u>。	【伺う】 ★「先生に話を伺う」
うかがいます₅ うかがって₀ うかがわない₀	→聞く、尋ねる 他Ⅰ ［敬］問，請教

例 どうしましょうか。(該怎麼辦才好？)

→社長に伺ってみたらどうですか。

(去請教總經理如何？)

94 うけつけ₀	【受付】
	名 服務台，接待處，櫃台

95 うけ<u>る</u>₂	【受ける】 ☆「テストを受ける」
うけます₃ うけて₁ うけない₂	他Ⅱ 收，接下；接受

96 うご<u>く</u>₂	【動く】 ☆「車が動く」
うごきます₄ うごいて₂ うごかない₃	自Ⅰ 動，移動，行動； (機器)運轉

う

例 動かないでここで待ちなさい。 （待在這裡不要亂跑）	
例 変だなあ。コンピューターが動かない。 （奇怪了‧電腦不動了）	

97 うさぎ₀	【兔】
	名 兔子

98 うすい₀	【薄い】　　　　☆「薄い味」
うすかった₂ うすくて₂ うすくない₄	⇔濃い イ形 （厚度）薄的；（色、味、濃度）淡的，稀薄的

99 うそ₁	【嘘】
	名 謊言

類義代換

あの話はうそです。
＝あの話は本当ではありません。

100 うち₀	【内】　　★「この二つのうち」
	名 裡面，內部；（抽象範圍）之中；（期間）之內

101 うちがわ。	【内側】　　　　　　　　そとがわ 　　　　　　　　　　　　⇔外側 名 內側
102 うつ₁ うちます₃ うって₁ うたない₂	【打つ】　　☆「事故で頭を打つ」 他Ⅰ 打，拍，敲；使撞擊
103 うつす₂ うつします₄ うつして₂ うつさない₃	【写す】　　　　☆「写真を写す」 他Ⅰ 拍照，攝影；抄，謄寫
104 うつる₂ うつります₄ うつって₂ うつらない₃	【移る】　　　　☆「季節が移る」 自Ⅰ 遷移；變遷，轉換
105 うで₂	【腕】 名 手臂，胳膊
106 うでどけい₃	【腕時計】 名 手錶

う

107 うまい₂ うまかった 1/2 うまくて 1/2 うまくない 1/2-4	【上手い/巧い】　→⁵上手、得意 イ形　高強的，巧妙的； 　　　如意的，順心的

例　あの人は声がよくて歌がうまいです。
　　（那個人聲音好，歌唱得很棒）

例　この肉はかたいので、うまく切れない。
　　（這塊肉很硬，無法順利切開）

108 うめ。	【梅】 名　梅花，梅樹；梅子

109 うら₂	【裏】　　　　　⇔ 表 名　背面，反面，後面； 　　（腳、鞋）底

110 うらがわ。	【裏側】　　　　⇔ 表側 名　裡側，背面

111 うれしい₃ うれしかった 2/3 うれしくて 2/3 うれしくない 2/3-5	【嬉しい】　　　⇔ 悲しい イ形　高興的，歡喜的

類義辨析

⚡ 質問：＿＿には何を入れますか。

嬉しい 楽しい どっち？

1 手伝ってくれるのは＿＿けど。でも、いいです。

2 短い時間でしたが、＿＿です。

1嬉しい 2楽しかった

112 うれる。	【売れる】	☆「その本はよく売れる。」
うれます₃ うれて。 うれない。	自II 售出，銷售	
113 うんてんしゅ₃	【運転手】	☞職業
	名 司機	
114 うんどうかい₃	【運動会】	
	名 運動會	
115 うんどうじょう。	【運動場】	
	名 運動場	

あいうえお

116 えいぎょう。	【営業】	☆「営業中」
	名 自Ⅲ 営業	
117 えいぎょういん₃	【営業員】	☞職業
	名 業務員	
118 えいぎょうマン₃	【営業マン】 "営業+man"	☞職業
	名 業務員	
119 エーティーエム₅	"ATM"	
	名 自動櫃員機，自動提款機	
120 えきいん₂,₀	【駅員】	☞職業
	名 車站站務員	

121 え̄だ。	【枝】
	名 枝，樹枝
122 エ̄ネルギー₂,₃	"德energie"
	名 能源
123 え̄はがき₂	【絵葉書】
	名 風景明信片，插圖明信片
124 え̄び。	〖海老/蝦〗
	名 蝦子
125 え̄らい₂ えらかった ₁/₂ えらくて ₁/₂ えらくない ₁/₂-₄	【偉い】
	イ形 偉大的，令人尊敬的；(身份地位)高貴的
126 エ̄ンジニア₃	"engineer"　　☞職業
	名 技師，工程師

お

127 えんりょ。	【遠慮】 ☆「遠慮しないで、どうぞ。」
	名 自Ⅲ 客氣，辭讓

あいうえお

128 おいで。	【お出で】 →⁵いらっしゃる
	名 [敬] 來；去；在
例 あしたはお宅においでですか。 （明天您會在府上嗎？）	
129 おいでくださる₆ おいでくださいます(*)₈ おいでくださって₆ おいでくださらない₇	【お出でくださる】→⁵いらっしゃる 自Ⅰ [敬] 來；去；在
例 おいでくださってありがとうございました。 （謝謝您駕臨）	

動詞「くださる」的ます形以「くださいます」取代「くださります」。

130 おいでになる 5	【お出でになる】 → ⁵いらっしゃる
おいでになります 7 おいでになって 5 おいでにならない 6	自I [敬] 來；去；在
131 おうだんほどう 5	【横断歩道】☆「横断歩道を渡る」
	名 斑馬線，行人穿越道
132 おお~	【大~】　　　　　☆「大雪」
	接頭 大~
133 オーエル 0,3	"日office+lady"
	名 粉領族（尤指負責行政、事務的女性上班族）
134 おおきい 3	【大きい】　　　　　⇔小さい
おおきかった 1/3 おおきくて 1/3 おおきくない 1/3-5	イ形 大的；（年紀）長的
135 おおきさ 0	【大きさ】　　　　☆「部屋の大きさ」
	名 （面積、數量、規模等）大小

「おおきくて」「おおきかった」按照重音規則應該是③前移一位變成②，但「おお」為長音，所以重音會再前移，變成①。

お

| 136 オーバー₁ /オーバーコート₅ | "overcoat" ∞⁵コート |
| | 名 大衣 |

| 137 おおや₁ | 【大家】 ☆「大家さん」 |
| | 名 房東 |

| 138 おかげ₀ | 【お陰】【お蔭】 |
| | 名 庇蔭，福庇；助力 |

● **おかげさまで。**

おかげ様で、元気です。(託您的福，我很好)

※表示幸虧，感謝對方關心

| 139 おかげで₀ | 【お陰で】【お蔭で】 |
| | 連語 由於，多虧 |

例 ピアノ、始めたんだって。
(聽說你開始學鋼琴了)

→ うん。楽しいよ。お陰で忙しくなったけど。
(嗯，很開心唷。雖然因此變忙了)

140 おかしい₃

おかしかった₂/₃
おかしくて₂/₃
おかしくない₂/₃.₅

イ形 滑稽的，奇妙有趣的；
奇怪的，不合常理的

例 A：おかしいなあ。さっきまであったのに。
　　（奇怪了，剛剛明明還在的啊）
　B：何が？（什麼東西？）
　A：財布。（錢包）

141 おかわり₂

【お代わり】　　☆お代わりする

名 他Ⅲ 續杯，再來一碗

142 おき₀

【沖】

名 外海

143 ～おき

☆「3メートルおきに木を植える。」

接尾 每隔～（時間、距離等）

類義代換

一週間おきに医者に通っています。
＝今週は医者に行きます。次は再来週行きます。

144 お<u>く</u>。 おきます₃ おいて。 おかない。	**【置く】** ☆「猫を家に置く」 他Ⅰ 放置；留置
● **～ておく** ※搭配動詞，表事先準備妥當 部屋はいつもきれいにしておきましょう。 （房間請隨時事先打掃）	
● **～ておく** ※搭配動詞，表擱置原狀 窓を閉めましょうか。（關窗戶吧） → いいえ、開けておいてください。（不，請開著就好）	
145 お<u>く</u>₁	**【奥】** 名 裡頭，深處
146 おくじょう。	**【屋上】** 名 屋頂，天台
147 お<u>くりもの</u>。	**【贈り物】** →プレゼント 名 贈品，禮物

お

148 おくる。	【送る】　　　　　　☆「荷物を送る」
おくります₄ おくって。 おくらない。	他Ⅰ 寄送，傳送；送行

149 おくる。	【贈る】
おくります₄ おくって。 おくらない。	他Ⅰ 贈送

150 おくれる。	【遅れる】
おくれます₄ おくれて。 おくれない。	自Ⅱ 遲，耽誤

例 電車の事故があったので、授業に遅れました。
（因為電車出了事故，所以上課遲到了）

151 おこさん。	【お子さん】
	名 [敬] 您的子女，您小孩

152 おこす₂	【起こす】　　　　　∞⁵起きる
おこします₄ おこして₂ おこさない₃	他Ⅰ 叫醒，喚醒

例 けさ母に起こされました。
（今天早上被媽媽叫醒）

お

153 おこなう。 おこないます₅ おこなって。 おこなわない。	【行う】　　　☆「会議を行う」 他Ⅰ 舉行，實施
154 おこる₂ おこります₄ おこって₂ おこらない₃	【怒る】 自Ⅰ 生氣，發怒
155 おこる₂ おこります₄ おこって₂ おこらない₃	【怒る】　　　　　→しかる 他Ⅰ 責罵
● **おさきに。**	
どうぞお先に。(您先請)　※客氣表示對方先請 お先に失礼します。(我先失陪)　或先於對方	
156 おしいれ。	【押入れ】 名 日式壁櫥
157 おじさん。	【小父さん】　　　⇔おばさん 名 (對中年男性長者的親切稱 呼)叔叔，大叔

● **おじゃまします。**

　　お邪魔します。(打擾)　　　※登門拜訪或進屋

　→ はい、どうぞ。(是・請進)　　前表示打擾了之意

● **おじゃましました。**

　　今日はお邪魔しました。(今天叨擾了)

　　　　　　　　※離去前表示擔誤對方時間的說法

158 おじょうさん₂	【お嬢さん】　　　　→ 娘さん
	名[敬] 令嬡，令千金；(稱呼 年輕女性)小姐，姑娘
159 おす。 おします₃ おして。 おさない。	【押す】　　　　　⇔引く
	他Ⅰ 按，壓；推
160 おそく。	【遅く】　☆「夜遅くまで働く」 　　　　　　　　⇔早く
	名 晚，遲；晚期

● **おだいじに。**

　　どうぞお大事に。(請保重)

　　　　　　※對病患表示關懷，請對方保重身體

お

161 おたく。	【お宅】	⇔⁵うち
	名 [敬]貴府，府上	

もしもし、佐藤さんのお宅ですか。
（喂喂，請問是佐藤先生府上嗎?）

→ いいえ。うちは鈴木ですけど。(不，我們家是鈴木)

162 おちる₂	【落ちる】	∞落とす
おちます₃ おちて₁ おちない₂	自II 掉，落下；減弱，降低	

● おつかれさま・でした。

お疲れ様でした。(您辛苦了)

※慰問對方辛苦，常見於職場上回應先告辭者

（斉藤さんが「じゃ、お先に」と言った。）

🖐 お疲れさま。

163 おっしゃる₃		→⁵言う
おっしゃいます(*)₅ おっしゃって₃ おっしゃらない₄	他I [敬]說，講；稱呼	

動詞「おっしゃる」的ます形以「おっしゃいます」取代「おっしゃります」。相同情形也出現在敬語「いらっしゃる・くださる・なさる」上。

164 おっと₀	【夫】 ⇔ 妻_{つま}
	名 丈夫，外子
165 おとす₂ おとします₄ おとして₂ おとさない₃	【落とす】 ☆「財布を落とす」 さい ふ ∽落ちる お 他I 使落下；丢失
166 おとなしい₄ おとなしかった₃/4 おとなしくて₃/4 おとなしくない₃/4-6	《大人しい》 ☆「お宅の犬はおと たく いぬ なしいですね。」 イ形 乖巧的
167 おどり₀	【踊り】 名 舞蹈
168 おどる₀ おどります₄ おどって₀ おどらない₀	【踊る】 自I 跳舞
169 おどろく₃ おどろきます₅ おどろいて₃ おどろかない₄	【驚く】 →びっくりする 自I 驚訝，驚奇；驚嘆

お

170 お**ば**さん。	【小母さん】 ⇔おじさん
	名 (對中年女性長者的親切稱呼) 阿姨，大嬸

● おひさしぶり・です/でした。

お久(ひさ)しぶりです。(好久不見)

※對久未見面友人的問候語

171 お**ひ**る₂	【お昼】 ☆「いっしょにお昼を 食(た)べませんか。」
	名 中午，正午；午餐

● おまたせ・しました。

お待(ま)たせしました。(讓您久等了)

※表示抱歉讓對方等候

172 お**も**いだす₄,₀	【思い出す】
おもいだします₆ おもいだして₄ おもいださない₅	他I 想起

173 お**も**う₂	【思う】
おもいます₄ おもって₂ おもわない₃	他I 認為，覺得；想

174 おもさ。	【重さ】
	名 重量
175 おもたい。 おもたかった₃ おもたくて₃ おもたくない₅	【重たい】 →⁵重い イ形 (感到)重的，沈甸甸的； (心情等)沉重的
176 おもて₃	【表】 ⇔裏^{うら} 名 正面，表面；外面
177 おもてがわ。	【表側】 ⇔裏側^{うらがわ} 名 表側，正面
178 おもに₁	【主に】 →殆ど^{ほとん} 副 主要，大部分，幾乎
179 おや₂,₁	☆「おや、変^{へん}だなあ。」 感 (表驚訝)哎呀，啊

お

| 180 おや₂ | 【親】 |
| | 名 家長，父母親 |

| 181 おる₁
おります₃
おって₁
おらない₂ | 【居る】　　　　　　→⁵いる
自I ［鄭］有，在 |

例 今日は休み、でもあしたは5時まで会社におります。
（我今天休假，不過明天5點以前都會在公司）

| 182 おる₁
おります₃
おって₁
おらない₂ | 【折る】　　　☆「鶴を折る」
　　　　　　　　　∞折れる
他I 摺，折彎；折斷 |

| 183 おれい₀ | 【お礼】　　☆「お礼を言う」
名 謝意；謝禮 |

| 184 おれる₂
おれます₃
おれて₁
おれない₂ | 【折れる】　　　　∞折る
自II 彎折；斷掉 |

例 強い風で大きな木の枝が折れた。
（強風吹得大樹的樹技斷掉了）

● ～終わる	※與其他動詞結合表示做完
早^{はや}く 食^たべ終^おわりなさい。 (快點吃完！)	

185 おんがくか。 /おんがっか。	【音楽家】 ☞職業 名 音樂家
186 おんせん。	【温泉】 名 溫泉
187 おんど₁	【温度】 名 溫度

57

か きくけこ

188 か。	【蚊】 名 蚊子
189 ～か	【～家】 接尾 ～家，～專家
きょういくか。 せいじか。 せんもんか。	【教育家】 教育專家 【政治家】 政治家，政治人物 【専門家】 專家
190 カールフレンド₅	"girl friend" ⇔ボーイフレンド 名 女性友人；女朋友
191 かい₁	【貝】 名 貝類；貝殻

192 かい₁ /～かい	【会】 ☆「<ruby>運動会<rt>うんどう</rt></ruby>」 名 集會；～會
193 かいがい₁	【海外】 名 海外，外國
194 かいがいりょこう₅	【海外旅行】 名 出國旅行
195 かいがん₀	【海岸】 ∞<ruby>沖<rt>おき</rt></ruby> 名 海岸
196 かいぎしつ₃	【会議室】 名 會議室
197 かいさつぐち₄,₀ /かいさつ₀	【改札口】【改札】 名 剪票口，票閘

198 かいしゃいん₃	【会社員】 →⁵サラリーマン
	☞職業
	名 公司職員
199 かいじょう₀	【会場】
	名 會場
△ 200 かいとうようし₅	【解答用紙】
	名 答案卷，答題用卷
201 かいわ₀	【会話】 ☆会話する
	名 自Ⅲ 會話，對話
202 かう₁ かいます₃ かって₁ かわない₂	【飼う】 他Ⅰ 飼養
203 かえり₃	【帰り】
	名 回來，回去

△「解答用紙」是日本語能力試驗聽解測驗中，以日文講解答題方法時會出現的字彙。

例	今日友だちと映画を見に行くことにしたので、帰りは9時ごろになると思います。 (今天要和朋友去看電影，所以我想是9點左右回來)

204 かえる。	【蛙】 名 青蛙
205 かえる。 かえます。 かえて。 かえない。	【替える/換える】 →取り替える 他II 交換；更換
206 かお。	【顔】　　☆「恥ずかしそうな顔」 名 臉；表情，神色
207 かおいろ。	【顔色】　　☆「顔色が悪い」 名 氣色；臉上的神情，臉色
208 がか。	【画家】　　☞職業 名 畫家

か

209 かがく₁	【科学】
	名 科學

210 かがみ₃	【鏡】　　　　☆「顔を鏡で見る」
	名 鏡子

211 かかる₂ かかります₄ かかって₂ かからない₃	【掛かる】　　　　∽掛ける
	自Ⅰ 吊掛，懸掛，披掛
例 部屋の壁にはきれいな絵がかかっています。 （房間牆壁上掛著美麗的圖畫）	

212 かかる₂ かかります₄ かかって₂ かからない₃	【掛かる】　　　　∽掛ける
	自Ⅰ （鎖）鎖上；（電話）來電
例 さっき山田さんから電話がかかってきましたよ。 （剛剛山田先生打電話來）	

213 かき₀	【柿】
	名 柿子

214 かぎ₂	【鍵】 ☆「鍵が掛かっている」
	名 鑰匙；鎖

215 かきなおす₄,₀	【書き直す】
かきなおします₆ かきなおして₄ かきなおさない₅	他Ⅰ 重新寫

例 ここが間違えたから、書き直しなさい。
（這裡弄錯了，重寫！）

216 がくぶ₀,₁ /〜がくぶ	【学部】 ☆「経済学部」
	名 學院；〜學院

217 かける₂	【掛ける】 ★「壁に絵を掛ける」
かけます₃ かけて₁ かけない₂	∞掛かる 他Ⅱ 吊掛，懸掛，披掛； 戴（眼鏡）

例 父は新聞を読むとき、いつもめがねをかけます。
（我父親看報紙時，總是會戴上眼鏡）

218 かける₂	【掛ける】 ∞掛かる
かけます₃ かけて₁ かけない₂	他Ⅱ 上（鎖）；打（電話）

例	兄は部屋にいません。ドアに鍵がかけてあります。 (我哥不在房間・門上著鎖)
219 かける₂ かけます₃ かけて₁ かけない₂	【掛ける】 ★「いすに腰をかける」 他Ⅱ 坐(通常有腰靠的椅子)
220 かける₂ かけます₃ かけて₁ かけない₂	【掛ける】 ★「親に心配をかける」 他Ⅱ 使遭受，使掛(心)
221 かざる₀ かざります₄ かざって₀ かざらない₀	【飾る】 他Ⅰ 裝飾，修飾
例	友だちが来るのでテーブルに花を飾りました。 (因為有朋友要來・所以在桌子上擺了花裝飾)
222 かざん₁	【火山】 名 火山
223 かじ₁	【火事】 名 火災

● かしこまりました。

はい、畏まりました。(好的，遵命)

※對顧客或上司的交待表達理解之意

224 かしゅ₁	【歌手】 ☞職業
	名 歌手
225 ～かしら	☆「あそこの人は陽子かしら。」
	助 (女性常用)表示不確定的語氣，常用於自言自語時
226 かず₁	【数】
	名 數字；數目，數量
227 ガス₁	"gas"
	名 瓦斯
228 カセットテープ₅ /カセット₂	"cassette tape" →⁵テープ ∞⁵ラジカセ
	名 錄音帶，卡帶

か

229 ガソリン₀	"gasoline" ☆「車にガソリンを入れる」
	名 汽油
230 ガソリンスタンド₆	"gasoline stand"
	名 加油站
231 かた₁	【肩】
	名 肩膀
232 かたい₀ かたかった₂ かたくて₂ かたくない₄	【固い】 ☆「頭が固い」 ⇔柔らかい
	イ形 硬的；頑固的
233 かたい₀ かたかった₂ かたくて₂ かたくない₄	【硬い】 ☆「硬い肉」 ⇔柔らかい
	イ形 硬梆梆的；僵硬的
234 かたい₀ かたかった₂ かたくて₂ かたくない₄	【堅い】 ☆「堅い木」
	イ形 堅固的，紮實的

235 かたづける₄ かたづけます₅ かたづけて₃ かたづけない₄	【片付ける】 ☆「部屋を片付ける」 他Ⅱ 收拾，清理
236 かつ₁ かちます₃ かって₁ かたない₂	【勝つ】 ⇔負ける 自Ⅰ 贏，獲勝
237 がっか₀ /〜がっか	【学科】 ☆「日本語学科」 名 學科；學系，科系；〜科系
238 がっき₀	【楽器】 名 樂器
239 かっこう₀	【格好】 名 外表，模様
例 母親：すみません、子供がいなくなってしまって… 　　　　(對不起，我的小孩不見了) 　　店員：はい、どんな格好か教えていただけますか。 　　　　(好的，可以告訴我小孩的模様嗎？)	

か

か

240 カット₁	"cut" ☆カットする
	名 他Ⅲ 裁剪，剪斷；剪髮
241 かな₀	【仮名】 ☆「ひらがな」「カタカナ」
	名 (日文)假名
242 ～かな	☆「僕も買おうかな。」
	助 (男性常用)表示不確定的語氣，常用於自言自語時
243 かない₁	【家内】 ⇔主人
	名 我妻子，內人
244 かなしい₀	【悲しい】 ⇔うれしい
かなしかった ₂/₃ かなしくて ₂/₃ かなしくない ₅	イ形 悲傷，悲哀
245 かならず₀	【必ず】 →きっと
	副 一定，必定

「かなしくて」「かなしかった」按照重音規則應該是③，但「しく」「しか」的「し」母音無聲化，所以重音前移至②，但新式發音則維持重音在③。

246 かなり₁	☆「日本の夏はかなり暑い。」 →だいぶ 副 相當地，超乎一般程度
247 かに₀	【蟹】 名 螃蟹
248 かね₀	【鐘】 名 鐘；鐘聲
249 かねもち₃,₄ /おかねもち₀	【金持ち】【お金持ち】 名 有錢人
250 かのじょ₁	【彼女】 ⇔彼、彼氏 代 她 名 女朋友
251 かぼちゃ₀	【南瓜】 名 南瓜

か

252 かまう₂ かまいます₄ かまって₂ かまわない₃	【構う】 自I (常作否定)介意，關係

即時應答

ここに座ってもいいですか。
(我可以坐這兒嗎?)

→ あ、かまいませんよ。(啊・沒關係唷)

● ～てもかまわない　　※表不介意前述動作、不要緊

ここでサッカーを<u>してもかまいません</u>か。(在這裡
踢足球
→ はい、してもいいです。(是的・可以)　沒關係嗎?)

253 かむ₁ かみます₃ かんで₁ かまない₂	【噛む/咬む】 他I 咀嚼，嚼；咬

254 かめ₁	【亀】 名 烏龜

255 かよう₂,₀ /か₁	【火曜】【火】　　→⁵火曜日 名 星期二

256 かよう。	【通う】
かよいます₄ かよって。 かよわない。	自I 往來，定期往返

例 兄はバスで会社に通っています。
（我哥哥都是搭公車去上班）

257 からす₁	【烏】
	名 烏鴉

258 ～がる	
	接尾 覺得～，感到～

例 ストーブがないので子どもたちは寒がっている。
（因為沒有暖爐，孩子們都感到冷）

259 かれ₁	【彼】 ⇔彼女
	代 他 名 男朋友

260 カレーライス₄ /カレー。	"curry and rice"
	名 咖哩飯

か

261 かれし₁	【彼氏】 かのじょ ⇔彼女
	名 男朋友
262 かれら₁	【彼ら】
	代 他們
263 かわ₂	【皮】 ☆「りんごの皮」
	名 皮，表皮，外皮
264 かわ₂	【革】 ☆「革のかばん」
	名 皮革
265 かわく₂ かわきます₄ かわいて₂ かわかない₃	【渇く】 ☆「のどが渇く」
	自I 口渇
266 かわく₂ かわきます₄ かわいて₂ かわかない₃	【乾く】 せんたくもの☆「洗濯物が乾く」
	自I 乾，乾燥

267 かわり。	【代わり】
	图 代替，代理

私は課長の代わりに会議に行きました。

＝私は会議に行きましたが、課長は行きませんでした。

268 かわる。	【変わる】 ☆「予定が変わる」
かわります₄ かわって。 かわらない。	圁I 改變，變化

269 かん₁	【缶】
	图 (金屬)罐

270 かんがえ₃	【考え】
	图 思索；想法，意見

271 かんけい。	【関係】 ☆関係する
	图 圁Ⅲ 關係，關聯

73

か

272 かんごし₃	【看護師】 ☞職業
	名 護士，護理人員
273 かんごふ₃	【看護婦】 ☞職業
	名 女護士，護士小姐
274 かんじょう₃ /おかんじょう₀	【勘定】【お勘定】
	名 結帳；帳款
	他Ⅲ 結帳
例 すみません、お勘定をお願いします。 (抱歉，請幫我結帳)	
275 かんづめ₃,₄	【缶詰】
	名 罐頭食品
276 かんぱい₀	【乾杯】 ☆乾杯する
	名 自Ⅲ 乾杯

277 き₀	【気】	★「気をつける」
	名 心神，神志	
278 きかい₂,₀	【機会】	
	名 機會，時機	
例 機会があったら、また日本へ行きたいです。 （若是有機會，我還想再去日本）		
279 きがえる₃,₂ きがえます₄ きがえて₂ きがえない₃	【着替える】 他II 換衣服	☆「スカートに 着替える」
280 きかせる₀ きかせます₄ きかせて₀ きかせない₀	【聞かせる】 他II 讓～聽；說給～知道	
例 楽しい音楽をこどもにたくさん聞かせます。 （讓小孩子大量聽快樂的音樂）		

281 きぎょう₁	【企業】
	名 企業

282 きく₀ ききます₃ きいて₀ きかない₀	【聞く】 他 I 聽；詢問；聽聞

例 わからないときは先生に聞きます。
（不懂的時候就去問老師）

例 おもしろい映画だと聞いたので、ぜひ見たいです。
（聽說是部有趣的電影，所以我無論如何都想看）

283 きく₂	【菊】
	名 菊花，菊花樹

284 きけん₀ きけんだった₄ きけんで₀ きけんで(は)ない₄₋₆	【危険】 →⁵危ない ナ形 名 危險

285 きこく₀	【帰国】 ☆帰国する
	名 自Ⅲ 回國

286 きじ₁	【記事】
	名 報導，新聞稿
287 きしゃ₁,₂	【記者】　　　　　　☞職業
	名 記者，新聞編輯
288 ぎじゅつ₁	【技術】
	名 技術
289 きせつ₁,₂	【季節】
	名 季節
290 きそく₁,₂	【規則】
	名 規則，規章
291 きちんと₂	
	副 規距地，井然有序

> 例 薬はきちんと1日3回飲まなければ治らないよ。
> （如果沒有按時1天吃三次藥，病是不會好的唷）

> 例 部屋をきちんと片付けてください。
> （請把房間整理整齊）

き

292 きつい₀,₂	☆「きつい靴」
きつかった₂ きつくて₂ きつくない₄	イ形 (衣物)緊的，緊巴巴的

293 きっと₀	→必ず
	副 一定，想必

類義代換

鈴木さんは必ず来ると思います。
＝鈴木さんはきっと来ます。

294 きぬ₁	【絹】 ∞ウール、木綿
	名 絲，綢子

295 きびしい₃	【厳しい】 ☆「厳しい顔」
きびしかった₂/₃ きびしくて₂/₃ きびしくない₂/₃-₅	イ形 嚴格的；嚴酷的

78

類義代換

厳しい時代_{じだい}はもう過_すぎました。
＝大変_{たいへん}な時代でした。

296 き[']ぶん₁	【気分】 ∞気持_{きも}ち
	名 生理感受

例 気分が悪_{わる}いなら、病院_{びょういん}へ行_いったほうがいいです。
(覺得身體不舒服的話，還是去醫院比較好)

297 きまり₀	【決まり】
	名 決定，定案

例 じゃあ、ランチはカレーに決まりだね。
(那麼，午餐就決定吃咖哩囉)

298 きまる₀	【決まる】 ∞決_きめる
きまります₄	
きまって₀	自Ⅰ 決定，成定局；固定
きまらない₀	

例 大学_{だいがく}が決まったそうですね。おめでとうございます。
(聽說你考上大學，恭喜)

例 ごみを捨_すてる場所_{ばしょ}は決まっています。
(丟垃圾的地方是固定的)

き

299 きみ。	【君】	⇔⁵僕
	代（男性稱呼同輩、晚輩）你	
300 きめる。 きめます₃ きめて。 きめない。	【決める】	∞決まる
	他Ⅱ 決定；下決心	
301 きもち。	【気持ち】	∞気分
	名 身心感受，心情；心意； 心境，心態	

例 今日は晴れていて、気持ちがいい。
（今天天氣晴朗，感覺好舒服）

例 兄弟でも、いつも同じ気持ちではない。
（即使是兄弟，也不見得永遠同心）

302 きゃく。	【客】	→⁵お客さん
	名 客人，賓客；顧客	
303 キャンセル₁	"cancel"	☆キャンセルする →中止
	名 他Ⅲ 取消	

304 きゅう。	【急】
きゅうだった₃ きゅうで。 きゅうで(は)ない₃₋₅	ナ形 突然；緊急

例	今まで寝ていた赤ちゃんが急に泣き出した。 (一直在睡覺的小嬰兒突然哭了起來)
例	あ、大変。急に来たから、財布を忘れちゃった。 (啊，糟糕！因為急著來，把錢包給忘了)

305 きゅうきゅうしゃ₃	【救急車】
	名 救護車

306 きゅうこう。	【急行】　　　　∞特急
	名 快車

307 きゅうこう。	【休校】　　　　☆休校する
	名 自Ⅲ (學校)停課

308 きゅうじつ。	【休日】
	名 放假日

き

き

309 きゅうりょう₁	【給料】
	名 薪水
310 きょういく₀	【教育】 ☆「教育を受ける」
	名 教育
311 きょうかい₀	【教会】
	名 教會，教堂
312 きょうかしょ₃	【教科書】
	名 教科書
313 きょうし₁	【教師】 ☞職業
	名 教師
314 きょうそう₀	【競争】 ☆競争する
	名 自他Ⅲ 競爭，競賽

315 きょうみ₁,₃	【興味】 ☆「ゴルフに興味がある」 名 興趣,興致
316 きょく₀,₁	【曲】 名 曲子,樂曲,歌曲
317 きれいに₁	【綺麗に】 ☆「きれいに忘れる」 副 徹底地,一乾二淨地
318 きんえん₀	【禁煙】 ☆禁煙する 名 自Ⅲ 禁菸;戒菸
319 ぎんこういん₃	【銀行員】 ☞職業 名 銀行行員
320 きんじょ₁	【近所】 名 居家附近;鄰居,近鄰

| 321 | きんよう₃,₀ /きん₁ | 【金曜】【金】 →⁵金曜日 |
| | | 名 星期五 |

かきくけこ

322	く₁ /〜く	【区】 ☆「千代田区」
		名 區，地域；(地名)〜區
323	ぐあい₀	【具合】 ☆「体の具合」
		名 (事物)機能狀態；(人)身體狀況
324	くうき₁	【空気】
		名 空氣

| 325 クーラー₁ | "cooler" | ∞ ⁵エアコン |
| | 名 冷氣機；冷卻器 | |

| 326 くさい₂ | 【臭い】 | |
| くさかった₂
くさくて₂
くさくない₂.₄ | イ形 臭的，氣味不好的 | |

| 327 くださる₃ | 【下さる】 | ∞いただく、
さしあげる |
| くださいます(*)₅
くださって₃
くださらない₄ | 他I [敬] 給，賜與 | |

● ～てくださる　※N5「～てくれる」的尊敬說法

そちらの方が私の荷物を持ってくださいました。
(那邊的先生幫我拿行李)

● お～ください。　※比「～てください」恭敬

あした駅前でお集まりください。
(明天請在車站前集合)

註：ください
是くださる的
命令形

| 328 ぐっすり₃ | | |
| | 副 熟睡，酣睡 | |

「くさくて」「くさかった」按照重音規則應該是②前移一位變成①，但由
於「くさ」的「く」母音無聲化，所以重音後退回到②。

例	赤ちゃんがぐっすり寝ている。 (小嬰兒睡得很熟)

329 くび。	【首】
	名 頸,脖子

330 くま 2,1	【熊】
	名 熊

331 ぐらぐら 1,0	☆「ビルがぐらぐら揺れる」
	副 自Ⅲ (桌椅、建物等)不穩,震動搖晃

332 グラフ 0,1	"graph"　∞ 表
	名 圖表

333 くらべる。 くらべます 4 くらべて。 くらべない。	【比べる】
	他Ⅱ 比,比較

例	兄と背の高さを比べました。 (和哥哥比身高)

334 くり₂	【栗】 名 栗子
335 クリーム₂	"cream" →⁵バター 名 奶油；乳霜
336 くるしい₃ くるしかった₂/₃ くるしくて₂/₃ くるしくない₂/₃-₅	【苦しい】 イ形 痛苦的；困苦的
337 グループ₂	"group" 名 群組，群；團體
338 くれる₀ くれます₃ くれて₀ くれない₀	【暮れる】 自Ⅱ 天黑；(年、季節)將盡

類義代換

日が暮れました。
＝空が暗くなりました。

け

339	くわしい₃ くわしかった ₂/₃ くわしくて ₂/₃ くわしくない ₂/₃-₅	【詳しい】 ☆「詳しく調べる」 イ形 詳細的
340	～くん	【～君】 接尾 (稱呼同輩、晚輩)小～

かきく**け**こ

341	け₀	【毛】 ★「毛のセーター」 →ウール 名 (羊)毛
342	けいかく₀	【計画】 ☆計画する 名 他Ⅲ 計畫

343 け\overline{いけん}。	【経験】 ☆経験する
	名 他Ⅲ 經驗，經歷，體驗

類義代換

> わたし りゅうがく
> 私は留学の経験があります。
> ＝私は留学したことがあります。

344 けいご。	【敬語】
	名 敬語

345 け\overline{いざい}₁	【経済】
	名 經濟

346 けいさつ。	【警察】 ☞職業
	名 警察

347 けいたいで\overline{んわ}₅ /ケイタイ。	【携帯電話】
	名 行動電話，手機

け

348 けいと。	【毛糸】
	名 毛線
349 ゲーム₁	"game"
	名 遊戲；電玩遊戲；(運動)比賽
350 けが₂	【怪我】 ☆「けがをする」
	名 自Ⅲ 傷，受傷
351 けしき₁	【景色】
	名 景色，風景
352 げしゅく。	【下宿】 ☆下宿する
	名 寄宿，租房；宿舍 自Ⅲ 寄宿，租房住宿
353 けす。 けします₃ けして。 けさない。	【消す】 ∞⁵消える
	他Ⅰ 弄熄(火)；關(燈、電器)；消除，使消失

例 テレビを消してください。 （請關電視） 例 書き直すときは消しゴムできれいに消してください。（重寫時請用橡皮擦擦拭乾淨）	

354 けっこんしき₃	【結婚式】 名 結婚典禮
355 けっして₀	【決して】 副（後接否定）絕對（不）
356 けっせき₀	【欠席】　　　　⇔出席 　　　　　　　しゅっせき 名 自Ⅲ 缺席
357 げつよう₃,₀ /げつ₁	【月曜】【月】　→⁵月曜日 名 星期一
358 けん₁ /〜けん	【県】 名（行政區劃的）縣；〜縣

359 ~けん	【~軒】 ☞助数詞
	接尾 (房屋)~間，~棟
360 げんいん。	【原因】 ∞理由
	名 原因
361 けんか。	【喧嘩】 ☆「姉とけんかする」
	名 自Ⅲ 吵架；打架
362 けんがく。	【見学】 ☆「工場を見学する」
	名 他Ⅲ 觀摩，見習
363 けんきゅう。	【研究】 ☆「歴史を研究する」
	名 他Ⅲ 研究
364 けんきゅうしつ₃	【研究室】
	名 研究室

け

365 げ‾んご₁	【言語】
	名 語言
366 けんぶつ₀	【見物】
	名 他Ⅲ 遊覽,參觀

類義辨析

🗣 質問：＿＿には何を入れますか。

見物する　見学する　どっち？

1 きのう、友達と京都のまちを＿＿。

2 きのう、仕事で車の工場を＿＿。

1 見物しました　2 見学しました

93

かきくけこ

367 こ₀	【子】☆「その子はお子さんですか。」 → ⁵子供 名 子女；小孩，孩童
368 ～ご	【～後】　☆「2か月後」「その後」 名 ～之後
369 こい₁ こかった₁ こくて₁ こくない₁₋₃	【濃い】　　　　　⇔薄い イ形（色、味、濃度）濃的
370 ごい₁	【語彙】 名 語彙，字彙
371 こいぬ₀	【小犬/子犬】 名 小狗；狗的小孩

372 コインロッカー₄	"日coin+locker"
	名 投幣式寄物櫃
373 こうがい₁	【郊外】
	名 郊外，郊區，市郊
374 こうぎ₁,₃	【講義】
	名 他Ⅲ（大學裡的）講課

類義代換
ごごから講義に出席します。
＝ごごから大学で先生の話を聞きます。

375 こうぎょう₁	【工業】
	名 工業
376 こうじょう₃	【工場】
	名 工廠

377 こうちょう。	【校長】
	名 (中小學的)校長
378 こうつう。	【交通】
	名 交通
379 こうどう。	【講堂】
	名 講堂
380 こうはい。	【後輩】　　　　　　⇔先輩
	名 後輩，後進；學弟妹
381 こうむいん₃	【公務員】　　　　☞職業
	名 公務人員
382 コース₁	"course"
	名 課程；(套餐)一道一道的菜

383 コーラ₁	"cola" 名 可樂
384 こおり₀	【氷】 名 冰，冰塊
385 ゴールデンウィーク₆	"日golden+week" 名 黄金週(日本每年五月初的大型連假)
386 こくさい₀	【国際】 名 國際
387 こくばん₀	【黒板】 名 黒板

ごくろうさま。

お先に失礼いたします。(我先告辭了)　　※職場上
ご苦労様。(辛苦了)　　回應下屬告辭的慰問語

| 388 こ̄ころ₂,₃ | 【心】 |
| | 名 心，心靈 |

● ございます。
ネクタイ売り場は2階にございます。
（領帶賣場位在二樓）　※動詞「あります」的鄭重語

| 389 こ̄し₀ | 【腰】 |
| | 名 腰 |

| 390 ごしゅじん₂ | 【御主人】 | ⇔⁵奥さん |
| | 名 [敬] (他人的)先生，丈夫；店主；老闆，雇主 | |

| 391 こしょう₀ | 【故障】 | →壊れる |
| | 名 自Ⅲ 故障 | |

| 392 ごぞんじ₂ | 【御存じ】 | ☆「あの方をご存じですか。」 |
| | 名 [敬] 您知曉，您熟識 | |

こ

393 ごちそう。	【御馳走】　　　☆ごちそうする
	名 美食，佳餚 他Ⅲ 請客，款待
394 こづつみ₂	【小包】
	名 包裹
395 こと₂	【事】
	名 事情；情況，場合

● ～たことがある。　　※表示曾經有的經驗

日本の音楽はまだ聞いたことがありません。
(我還沒有聽過日本的音樂)

● ～ることがある。　　※表示偶爾會出現該情形

バスはときどきすごく遅れることがある。
(公車有時會嚴重誤點)

● ～ることができる。　※表示有能力或情況可行

このナイフはどんなものでも切ることができる。
(這把刀可以切任何東西)

こ

● ~ることにする。　　※表示自己的決定

カメラは買わないことにしました。

（我決定不買相機了）

● ~ることになる。　　※陳述事情發展的結果

来週から仕事で東京に行くことになりました。

（下週起，因為工作的關係要到東京去）

● ~ることにしている。※表示自己的維持習慣或預定計畫

毎日運動をすることにしています。

（我每天都做運動）

● ~ることになっている。※表示既成的約定、規則

ここに集まることになっているのですが、誰も
いません。（約好在這裡集合，卻沒有半個人）

396 ことり。	【小鳥】
	名 小鳥
397 こねこ₂	【小猫/子猫】
	名 小貓；貓的小孩

398 このあいだ5.0	【この間】 →この前<ruby>前<rt>まえ</rt></ruby>
	名 幾天前，不久前，那天

例 この<ruby>間<rt>か</rt></ruby><ruby>貸<rt>か</rt></ruby>した<ruby>本<rt>ほん</rt></ruby>、もう<ruby>読<rt>よ</rt></ruby>みましたか。
(前幾天借你的書，你看了嗎？)

399 このごろ0	【この頃】 →<ruby>最近<rt>さいきん</rt></ruby>
	名 近來，最近這些日子

例 このごろ<ruby>肉<rt>にく</rt></ruby>を<ruby>食<rt>た</rt></ruby>べない<ruby>人<rt>ひと</rt></ruby>が<ruby>増<rt>ふ</rt></ruby>えてきます。
(最近不吃肉的人有增加的趨勢)

400 このさき0	【この先】
	名 前方，由此再往前的地方

例 <ruby>駅<rt>えき</rt></ruby>はちょうどこの<ruby>先<rt>さき</rt></ruby>です。
(車站正好就在再前面一點的地方)

401 このまえ3	【この前】 →この<ruby>間<rt>あいだ</rt></ruby>
	名 上次，之前

例 この<ruby>前<rt>まえ</rt></ruby>のパーティーの<ruby>写真<rt>しゃしん</rt></ruby>、<ruby>見<rt>み</rt></ruby>ませんか。
(要不要看上次派對的照片？)

こ

402 コピーき₂	【コピー機】"copy+機"
	名 影印機

403 こまかい₃ こまかかった ₂/₃ こまかくて ₂/₃ こまかくない ₂/₃-₅	【細かい】 イ形 細小的，細碎的
例 野菜は細かく切ってください。 （蔬菜請切碎）	

404 ごみばこ₀,₂,₃	【ごみ箱】
	名 垃圾筒

405 こむ₁ こみます ₃ こんで ₁ こまない ₂	【込む/混む】　　⇔すく 自I 擁擠
例 あのレストランはいつ行っても込んでいる。 （那家餐廳不管何時去都客滿）	

406 こめ₂	【米】
	名 米，米粒

407 ごらん₀	【御覧】 名 [敬] 過目，觀覽
408 ごらんになる₅ ごらんになります₇ ごらんになって₅ ごらんにならない₆	【御覧になる】 他I [敬] 過目，觀覽
409 こわい₂ こわかった₁/₂ こわくて₁/₂ こわくない₁/₂-₄	【怖い】 イ形 可怕的，令人害怕的
410 こわす₂ こわします₄ こわして₂ こわさない₃	【壊す】　☆「おもちゃを壊す」 ∞壊れる 他I 弄壞，損壞；損毀
411 こわれる₃ こわれます₄ こわれて₂ こわれない₃	【壊れる】　☆「自転車が壊れる」 ∞壊す 自II 壞，報銷；碎，倒塌
412 こんかい₁	【今回】　→今度 名 這次，這一回

413 コンサート₁	"concert"
	名 音樂會，演奏會，演唱會
414 こんど₁	【今度】　　　　→今回 こんかい
	名 下次；這次，這一回

| 例 今度の土曜、暇ならコンサートに行きませんか。 どよう ひま |
| （下回的星期六，有空的話要不要去聽演唱會？） |
| 例 母は今度の試験の点を知って、安心しました。 はは しけん てん し あんしん |
| （媽媽知道這次考試的分數後，放心了） |

415 こんなに₀	∞ そんなに、あんなに
	副 這樣地，如此地
416 コンピューター₃ /コンピュータ₃	"computer"　　　→⁵パソコン
	名 電腦
417 こんや₁	【今夜】
	名 今夜，今晚

さ しすせそ

418 ～さ	☆「重さ」「高さ」「大きさ」
	接尾 (前接形容詞語幹)表示 具體程度、性質等
419 ざーざー₁ /ざあざあ₁	
	副 (大雨、電視等)沙沙聲
420 サービス₁	"service"
	名 服務
421 さいきん₀	【最近】　　　→このごろ
	名 最近，近來
422 さいご₁	【最後】　　　さいしょ ⇔最初
	名 最後，最終

423 さいしょ₀	【最初】　　　　　　　　　⇔最後
	名 最初，首先
424 サイン₁	"sign"　　　　　　　　　☆サインする
	名 自Ⅲ 簽名
425 さか₂	【坂】
	名 斜坡，坡道
426 さがる₂ さがります₄ さがって₂ さがらない₃	【下がる】　　　　　　　　　⇔上がる
	自Ⅰ 降，自上而下； （程度）下降
427 さかん₀ さかんだった₄ さかんで₀ さかんで(は)ない₄₋₆	【盛ん】
	ナ形 盛大，旺盛；興盛

類義代換

サッカーが盛んになりました。
＝サッカーをする人が増えました。

さ

428 さげる₂ さげます₃ さげて₁ さげない₂	【下げる】 他II 降低(位置、程度等)	⇔あ上げる
429 さしあげる₀,₄ さしあげます₅ さしあげて₀ さしあげない₀	【差し上げる】 他II [謙] 給，献上	∞いただく、 くださる
430 さっか₀ 	【作家】 名 作家	☞職業
431 さつまいも₀ 	〖薩摩芋〗 名 地瓜，蕃薯	
432 ～さま 	【～様】 接尾 [敬] ～先生，～女士(比 ～さん更尊敬)	☆「お客様」 きゃく
433 さむさ₁ 	【寒さ】 名 涼意，寒冷	

107

434 さわぐ₂ さわぎます₄ さわいで₂ さわがない₃	【騒ぐ】 自I 吵鬧，喧嚷

類義代換

病院で騒いではいけません。

＝病院でうるさくしてはいけません。

435 さわる₀ さわります₄ さわって₀ さわらない₀	【触る】　☆「機械に触らないで 　　　　　　くださ い。」 自I 碰觸，摸
436 さんかく₁	【三角】　　∞四角、丸 名 三角形
437 さんぎょう₀	【産業】 名 産業
438 ざんぎょう₀	【残業】　　☆残業する 名 自III 加班

439 サンダル_{0,1}	"sandal"
	名 涼鞋

さし すせそ

440 し₁ /~し	【市】
	名 (行政區劃)市；～市
441 ~し	
	助 (條列類似情形)既～； (說明理由)因為～

例 田中君は勉強もできるし、スポーツもできます。
（田中同學既會唸書，也會運動）

例 お金もないし、時間もないから、遊びに行けない。
（因為沒錢又沒時間，所以無法去玩）

| 442 | じ₁ | 【字】 |
| | | 名 字，文字 |

| 443 | しあい₀ | 【試合】　　　　　☆試合する |
| | | 名 自Ⅲ 比賽 |

444	しあわせ₀	【幸せ】
	しあわせだった₅	
	しあわせで₀	ナ形 名 幸福
	しあわせで(は)ない₅₋₇	

| 445 | シートベルト₄ | "seat belt" |
| | | 名 (汽車等的)座椅安全帶 |

| 446 | しかく₃ | 【四角】　　∽ 三角、丸 |
| | | 名 四角形 |

447	しかくい₃,₀	【四角い】　　∽⁵円い
	しかくかった₂/₃	
	しかくくて₂/₃	イ形 四角形的，方形的
	しかくくない₂/₃₋₅	

448 しかた。	【仕方】 ☆「勉強の仕方」
	べんきょう
	名 方法，做法

類義代換

くるま　うんてん
車 の運転の仕方がわかりません。

＝どうやって車を運転するかわかりません。

449 しかたがない5	【仕方が無い】
	連語 不得已，沒辦法，沒轍

例 電車はあと1時間、でもバスのほうがもっと…。
でんしゃ　　じかん
（電車還要一個小時，可是公車要更久…）
→ 仕方がないわね。やっぱり電車ね。
（看來沒辦法了，還是電車吧）

450 しかる。	【叱る】 →怒る
しかります4	おこ
しかって。	他I 訓誡，責備
しからない。	

類義代換

こども　　　　　とう
子供はお父さんに叱られました。

＝子供はお父さんに怒られました。
おこ

111

451 ~じかんめ	【~時間目】
	接尾 第~堂課（每堂含下課時間通常為一個小時，故名）
452 じかんわり。	【時間割】
	名 週課表
453 しき 2,1 /~しき	【式】 ☆「結婚式」「入学式」
	名 典禮，儀式；~典禮
454 じこ 1	【事故】 ☆「電車の事故」
	名 事故，意外
455 じしん。	【地震】
	名 地震
456 した。	【下】 ⇔上
	名 下方，下面；(年紀)小；(程度、層級)低

し

457 じだい₀	【時代】
	名 時代

458 したぎ₀	【下着】 ⇔⁵上着
	名 內衣褲

459 したく₀	【支度】
	名 自他Ⅲ 準備

例 食事の支度はもうできました。
（已經準備好可以吃飯了）

460 しつ₂ /～しつ	【室】 ☆「コピー室」
	名 ～室，～房

461 しっかり₃	☆しっかりする
	自Ⅲ 可靠，堅忍

例 あの子は小さいけれども、しっかりしている。
（那個孩子雖小，但很能幹）

462 じつは₂	【実は】
	副 實際上，其實

即時應答

どうしたの？あまり食べ<ruby>食<rt>た</rt></ruby>べていないわね。
（怎麼啦？你不太吃耶）

→ うん…。実は、さっきお<ruby>菓<rt>か</rt></ruby><ruby>子<rt>し</rt></ruby>食べたんだ。
（嗯…其實，我剛剛吃了零食）

463 しっぱい₀	【失敗】　　☆「<ruby>試験<rt>しけん</rt></ruby>に失敗する」
	名 自Ⅲ　失敗

464 しつれい₂	【失礼】　　　　☆失礼する
しつれいだった₂ しつれいで₂ しつれいで(は)ない₂₋₇	自Ⅲ　失禮，失敬；失陪，告辭 ナ形 名　失禮，失敬

465 じてん₀	【辞典】　　→ ⁵辞書、⁵字引
	名　辭典

466 しなもの₀	【品物】
	名　物品，商品，東西

114

467 しばらく₂	【暫く】 ☆「しばらくお待ち ください。」
	副 暫時，一會兒
468 しま₂	【島】
	名 島，島嶼
469 しみん₁	【市民】
	名 市民
470 じむしょ₂	【事務所】
	名 事務所，辦公室
471 シャープペンシル₄ /シャーペン₀ /シャープペン₀	"日sharp+pencil" 名 自動鉛筆
472 しゃかい₁	【社會】
	名 社會

し

473 しゃしんかん₂	【写真館】
	名 照相館
474 じゃま₀	【邪魔】 ☆邪魔する
じゃまだった₃	
じゃまで₀	ナ形 他Ⅲ 妨礙，打擾
じゃまで(は)ない₃‐₅	名 妨礙，打擾；累贅，礙事的東西
例	じゃまになりますから、入り口に荷物を 置かないでください。 （不要把貨物放在入口處，會礙事）
475 シャンプー₁	"sampoo" ☆シャンプーする
	自Ⅲ 洗頭髮
	名 洗髮劑；洗頭髮
476 じゆう₂	【自由】 ☆「自由に過ごす」
しゆうだった₂	
しゆうで₂	ナ形 名 自由；隨意
しゆうで(は)ない₂‐₆	
477 しゅうかん₀	【習慣】
	名 習慣

478 じゅうどう₁	【柔道】	
	名 柔道	
479 じゅうぶん₃	【十分/充分】	
	副 ナ形 充分，足夠	
480 しゅうまつ₀	【週末】	
	名 週末	
481 しゅくじつ₀	【祝日】	
	名 國定假日	
482 じゅけん₀	【受験】	☆「大学を受験する」
	名 他Ⅲ 應試，投考學校	
483 じゅけんばんごう₄	【受験番号】	
	名 應考號碼	

117

484 じゅけんひょう。	【受験票】
	名 准考證
485 しゅじん₁	【主人】　　　　　　⇔家內(かない)
	名 我丈夫，外子； 店主；老闆，雇主
486 しゅっせき。	【出席】　☆「会議(かいぎ)に出席する」 ⇔欠席(けっせき)
	名 自Ⅲ 出席
487 しゅっぱつ。	【出発】　　　　☆出発する
	名 自Ⅲ 出發
488 しゅみ₁	【趣味】
	名 嗜好，愛好

類義代換

田中(たなか)さんの趣味は何(なん)ですか。

＝田中さんはどんなことをするのが好(す)きですか。

489 じゅんばん。	【順番】
	名 次序，順序；輪流
490 じゅんび₁	【準備】　　　　　→支度、用意
	名 他Ⅲ 準備，預備
491 じゅんびうんどう₄	【準備運動】
	名 暖身操
492 しょう₁ ／しょう～	【小】　　　　　☆「小会議室」 　　　　　　　∞ 中～、大～
	名 (尺寸等)小號；小～
493 しょうかい。	【紹介】　☆「ご紹介いたします。」
	名 他Ⅲ 介紹
494 しょうがつ₄,₀ ／おしょうがつ₅,₀	【正月】【お正月】
	名 正月；新年，過年期間

495 しょうぎょう₁	【商業】	
	名 商業	
496 しょうせつ₀	【小説】	
	名 小説	
497 しょうたい₁	【招待】	☆「人をパーティーに 招待する」
	名 他Ⅲ 邀請	
498 しょうひん₁	【商品】	
	名 商品	
499 しょうらい₁	【将来】	
	名 將來	
500 しょくじ₀	【食事】	☆「食事に行く」
	名 自Ⅲ 飲食，用餐	

し

501 しょくば_{0.3}	【職場】 名 職場，工作場所
502 しょくりょうひん_{0.3}	【食料品】 名 食品
503 じょせい₀	【女性】　　　　　　だんせい ⇔男性 名 女性
504 しらせる₀ しらせます₄ しらせて₀ しらせない₀	【知らせる】 他Ⅱ 通知，告知

類義代換

パスポート番号を知らせてください。
＝パスポート番号を教えてください。

505 しらべる₃ しらべます₄ しらべて₂ しらべない₃	【調べる】　☆「辞書で調べる」 他Ⅱ 査尋；調査；檢查

121

例 警察は事故の原因を調べています。 （警察正在調查事故原因） 例 答えが正しいかどうか、もう一度調べてください。 （請再檢查一次答案是否正確）	
506 しり₂ /おしり。	【尻】【お尻】 名 屁股，臀部
507 しるし。	【印】　　　　　　　　　　→マーク 名 記號；標誌
508 しんかんせん₃	【新幹線】 名 新幹線
509 じんこう。	【人口】 名 人口
510 じんじゃ₁	【神社】　　　　　　　　　　∞寺 名 神社

511 しんせつ₁	【親切】 ☆「親切な人」
	→ 優しい(やさ)
しんせつだった₁	
しんせつで₁	ナ形 名 親切，好意
しんせつで(は)ない₁₋₇	

512 しんねん₁	【新年】
	名 新年

513 しんぱい₀	【心配】 ☆「心配をかける」
	⇔ 安心(あんしん)
しんぱいだった₅	
しんぱいで₀	ナ形 名 自他Ⅲ 擔心
しんぱいで(は)ない₅₋₇	

即時應答

さいきん、母(はは)の具合(ぐあい)がよくないんですよ。
(最近我母親的身體狀況不太好呢)

→ それは心配(しんぱい)ですね。(那可真令人擔心呢)

514 しんぶんしゃ₃	【新聞社】 ∞テレビ局(きょく)
	名 報社

さし**す**せそ

す

515 すいどう。	【水道】 名 自來水設施
516 ずいぶん₁	【随分】　☆「ずいぶん古いもの」 　　　　　　　　　　　→非常に 副 很，相當，非常
517 すいよう₃ /すい₁	【水曜】【水】　　→⁵水曜日 名 星期三
518 すう～	【数～】　　　☆「数時間」 接頭 數個～，幾個～
519 すうがく。	【数学】 名 數學

124

| 520 すうじ。 | 【数字】 |
| | 名 數字 |

| 521 すうじつ。 | 【数日】 ☆「数日前」 |
| | 名 數日，數天 |

| 522 スーツケース₄ | "suitcase" |
| | 名 行李箱，旅行箱 |

| 523 スープ₁ | "soup" |
| | 名 (西餐料理)湯 |

| 524 ~すぎ (時間)
 ~すぎ (動作) | 【過ぎ】 |
| | 接尾 (時間、年齢)超過~;
 (動作等程度)過度~ |

例 けさ起きたのは8時過ぎでした。
(今天早上八點多起床)

例 たばこの吸いすぎは体によくないです。
(香菸抽過頭對身體不好)

す

525 すきやき。	【すき焼き】
	名 壽喜燒，日式牛肉火鍋

526 すぎる₂ すぎます₃ すぎて₁ すぎない₂	【過ぎる】　　☆「時代が過ぎる」
	自Ⅱ (時間、空間等)經過； 超過

● ～すぎる　　　　　※與其他詞語結合表示過度

コピーの字が薄すぎて、読めない。
(影印的字太淡，無法判讀)

527 すく。 すきます₃ すいて。 すかない。	【空く】　　★「すいた電車」 　　　　　　　⇔込む
	自Ⅰ 有空間

類義代換

あのレストランはいつもすいています。
＝あのレストランは客が少ないです。

528 スクリーン₃	"screen"
	名 銀幕，螢幕

529 すごい₂	〖凄い〗 ☆「すごい雨」
すごかった₁/₂ すごくて₁/₂ すごくない₁/₂₋₄	イ形 可怕的；(程度)甚， 驚人的，厲害的

530 すごす₂	【過ごす】
すごします₄ すごして₂ すごさない₃	他I 度過(時間)，過日子

例 友だちの家で楽しい時間を過ごしました。
(在朋友家度過快樂的時光)

531 すすむ₀	【進む】 ☆「前に進む」
すすみます₄ すすんで₀ すすまない₀	自I (動作)前進；(事情)進行

532 スチュワーデス₃	"stewardess" ☞職業
	名 空中小姐

533 すっかり₃	→⁵全部
	副 完全，全部，全然

例 宿題があったのを、すっかり忘れていた。
(我完全忘掉有回家作業這件事)

す

534 ステーキ₂	"steak"
	名 牛排
535 ステレオ₀	"stereo"
	名 立體音響；立體聲
536 すな₀	【砂】
	名 沙，砂
537 スパゲッティ₃	"spaghetti"
	名 義大利細麵
538 すばらしい₄ すばらしかった ₃/₄ すばらしくて ₃/₄ すばらしくない ₃/₄₋₆	【素晴らしい】 イ形 絕佳的，極優秀的
539 スピード₀	"speed"
	名 速度

す

540 すべる₂ すべります₄ すべって₂ すべらない₃	【滑る】 自I 打滑，滑倒；滑行
541 スポーツせんしゅ₅	【スポーツ選手】"sports+選手" ☞職業 名 體育選手
542 すみ₁	【隅】〖角〗 名 角落
543 すむ₁ すみます₃ すんで₁ すまない₂	【済む】 自I (事情)完了，結束

類義代換

食事が済んだら話をしましょう。

=食事のあとで話をしましょう。

544 すもう₀	【相撲】 名 (日本傳統競技)相撲

す

| 545 すり₁ | 【掏摸】 ∞泥棒(どろぼう) |
| | 名 扒手 |

| 546 する₀ | ☆「夫は会社員をしている。」(あっと かいしゃいん) |
| *します₂
*して₀
*しない₀ | 他Ⅲ 做;從事(行業、職務) |

● お/ご～する　　　　　　　※謙稱我方動作

会議の時間は電話でお知らせします。(かいぎ じかん でんわ し)
(會議的時間將以電話通知)

● (～を)～にする　　　　　※表示當作～，使成為～

この文を英語にしてください。(ぶん えいご)
(請將這個句子譯成為英文)

| 547 する₀ | ☆「けがをする」 |
| *します₂
*して₀
*しない₀ | 他Ⅲ 配戴,穿戴;
生(病),負(傷);
呈現(模樣、氣色等) |
| 例 サラリーマンはよくネクタイをしている。
(上班族經常打著領帶) |
| 例 彼はまるでお酒を飲んだような顔をしています。(かれ さけ の かお)
(他的臉簡直就像是喝了酒) |

す

548 する。	
*します₂ *して。 *しない。	自Ⅲ (聲音、味道等)發出； (狀態等)呈現
例 このジュースは野菜の味がします。 (這果汁喝起來有蔬菜的味道)	
549 すると。	
	接続 於是就，接著就
例 ボタンを押しました。すると、ドアが開きました。 (按下按鈕，門於是就打開了)	

さしす せ そ

550 〜せい	【〜製】	☆「日本製」
	接尾 〜生產，〜製造	

551 せいかつ。	【生活】 ☆「日本での生活」
	名 自Ⅲ 生活
552 せいさん。	【生産】 ☆生産する
	名 他Ⅲ 生産
553 せいじ。	【政治】
	名 政治
554 せいせき。	【成績】
	名 成績
555 せいねんがっぴ₅	【生年月日】
	名 出生年月日
556 せいひん。	【製品】
	名 製品，成品

せ

557	せいふ₁	【政府】
		名 政府
558	せいよう₁	【西洋】
		名 西洋，西方，歐美
559	せかい₁	【世界】
		名 世界
560	せき₁	【席】 ☆「席がすいている」
		名 座位，位子
561	せき₂	【咳】 ☆「せきが出る」
		名 咳嗽
562	せつめい₀	【説明】
		名 説明

せ

563 せなか。	【背中】
	名 背，背脊；背面

564 ぜひ₁	【是非】
	副 務必，絕對

例 その仕事はぜひ私にやらせてください。
(那項工作請務必讓我來做)

即時應答

今コーヒーを飲みに行くところですが、いっしょにどうですか。(我現在正要去喝咖啡，要一起去嗎？)
→ ええ、ぜひ。(嗯，我一定去)

565 せわ₂	【世話】
	名 他Ⅲ 照顧，照料，關照

例 私が子供の世話をしますから、安心してください。
(小朋友我會照顧，請放心)

◎ 世話になる　　　　　　※接受關照，給人添麻煩

あのお医者さんにはお世話になりました。
(我受過那位醫生的照顧)

566 せん1	【線】
	名 線條，畫線
567 せんしゅ1	【選手】
	名 選手
568 ぜんぜん0	【全然】 →ちっとも
	副 （後接否定）全然(不)
例 1年前にはぜんぜん日本語が話せませんでした。 （一年之前我完全不會講日文） 例 息子は試験が近いのに、まだ全然勉強していません。 （考試就快到了，我兒子卻完全沒有在k書）	
569 せんそう0	【戦争】 ☆戦争する
	名 自Ⅲ 戦争
570 せんたくき4,3	【洗濯機】
	名 洗衣機

571 せんたくもの。	【洗濯物】 名 待洗的衣物;洗好的衣物
572 せんぱい。	【先輩】　　　　　こうはい 　　　　　　　　　⇔後輩 名 前輩,先進;學長姊
573 せんもん。	【專門】 名 專長,專業,專攻
574 せんもんか。	【專門家】 名 專家

そ

さしすせそ

575 そう₁	【象】 名 大象
576 そう₁ /そうそう₁	 感（突然想起事情）對了
例 鉛筆を貸してくれる？あ、そうそう、消しゴムもね。 （可以借我鉛筆嗎？啊，對了，還有橡皮擦也要）	
577 そうじき₃	【掃除機】 名 吸塵器
578 そうだん₀	【相談】　　　　☆相談する 名 他Ⅲ 商量，商談
例 仕事を決めるとき、父と母に相談しました。 （我在決定工作時，有和父母商量過）	

579 ～そく	【～足】 ☞助数詞
	接尾 (鞋、襪)～雙

580 そこで。	→それで
	接続 於是

例 外が暗くなった。そこで、母が電気をつけた。
（外頭變暗了，媽媽於是開了燈）

581 そだてる₃	【育てる】 ☆「花を育てる」
そだてます₄ そだてて₂ そだてない₃	他Ⅱ 養育，栽培；栽種

例 母は一人で一生けんめい私たちを育ててくれた。
（母親獨自一人努力把我們養育長大）

582 そつぎょう。	【卒業】 ⇔入学
	名 自Ⅲ 畢業

583 そっくり₃	☆「あの兄弟の声はそっくりだ。」
そっくりだった₃ そっくりで₃ そっくりで(は)ない₃-₅	ナ形 一模一樣

そ

584 そっと。	副 悄悄，輕手輕腳地； 私下偷偷地
585 そとがわ。	【外側】　⇔内側 名 外側
586 そのほか₂	【その外】 名 除此之外
例 王さんは大学のお金は両親に払ってもらいます。そのほかに毎月10万円送ってもらいます。 （王先生上大學的錢由父母親支付，除此之外，他還請父母每個月寄10萬日圓給他）	
587 そのまま。 副 そのまま₄ 名	副 名 照原樣，原封不動
588 そば₁	【蕎麦】 名 蕎麥；蕎麥麵

589 そふ₁	【祖父】 ⇔祖母
	名 祖父，外祖父
590 ソファー₁	"sofa"
	名 沙發
591 そぼ₁	【祖母】 ⇔祖父
	名 祖母，外祖母
592 それで₀	→そこで
	接続 因此，所以
例 電車が前の駅で故障したそうですよ。 （聽說電車在前一站故障了） → それで電車がなかなか来ないんだ。 （所以電車才遲遲不來啊）	
593 それとも₃	☆「お茶ですか、それとも コーヒーですか。」
	接続 或者，還是

そ

● それはいけませんね。

昨日(きのう)から頭(あたま)がいたいです。(我從昨天開始一直頭痛)

それはいけませんね。(那可不行啊) ※表關懷

594 それほど。	【それ程】
	副 (後接否定)(沒)那麼

即時應答

日本語(にほんご)がじょうずですね。(你日語很棒哦)

→ いいえ、それほどではありません。

(沒有，並沒到那個程度)

595 そんな〜。	∽ ⁵こんな、あんな
	連体 那樣的〜（涉及對方或指剛才話題中出現的事物）

596 そんなに。	∽こんなに、あんなに
	副 那樣地，那麼地

たちってと

597 だい₁ /だい～	【大】	∞ 中～、小～
	名 (尺寸等)大號；大～	
598 だい～	【第～】	☆「第一課」
	接頭 (排序)第～	
599 ～だい	【～代】	☆「20代の女性」
	接尾 年齢、年代的範圍	
600 だい。 /～だい	【代】	☆「タクシー代」
	名 費用；～費	
601 たいいん。	【退院】	⇔ 入院
	名 自Ⅲ (患者)出院	

父は来週退院します。
＝父は来週病院から帰ってきます。

602 ダイエット₁	"diet"　　　　☆ダイエットする
	名 自Ⅲ 減肥，減重
603 だいがくいん₄	【大学院】
	名 研究所
604 だいきらい₁	【大嫌い】　　⇔⁵大好き
だいきらいだった₁ だいきらいで₁ だいきらいで(は)ない₁₋₈	ナ形 最討厭
605 たいし₁	【大使】
	名 大使
606 だいじ₃,₀	【大事】　　☆「大事な話」
だいじだった₃ だいじで₃ だいじで(は)ない₃₋₆	ナ形 重要，要緊；貴重

た

607 タイプ₁	"type"
	名 型，類型
608 だいぶ₀	【大分】　☆「だいぶ寒くなった。」 →かなり
	副 相當程度地，很
609 たいふう₃	【台風】
	名 颱風
610 タオル₁	"towel"
	名 毛巾
611 たおれる₃ たおれます₄ たおれて₂ たおれない₃	【倒れる】　☆「花びんが倒れて いる」
	自II 倒，塌
612 たかさ₁	【高さ】
	名 高度

613 た̄こ₁	【蛸/章魚】
	名 章魚
614 た̄しか₁	【確か】
たしかだった₁ たしかで₁ たしかで(は)ない₁₋₆	ナ形 確實，確切
例 車のかぎは昨日確かにここにありました。 （車子的鑰匙昨天確實是在這裡）	
615 たしかめる₄	【確かめる】
たしかめます₅ たしかめて₃ たしかめない₄	他II 確認
例 自分のものかどうか、確かめてください。 （請確認一下是不是自己的東西）	
616 たす₀	【足す】　☆「3足す4は7になる。」
たします₃ たして₀ たさない₀	他I 增加，添；(算術)加
617 だ̄す₁	【出す】　☆「窓から手を出す」
だします₃ だして₁ ださない₂	他I 放(人、動物)出去； 探出，伸出；露出

618 だす₁ だします₃ だして₁ ださない₂	【出す】　　　　　　　☆「熱を出す」 他I　發出，使産生； 　　　發表，推出

● ～出す　　　　　　※與動詞結合表示動作出現

急に雨が降り出した。

（雨突然下了起來！）

619 たすける₃ たすけます₄ たすけて₃ たすけない₃	【助ける】 他II　幫助，救助

620 たずねる₃ たずねます₄ たずねて₂ たずねない₃	【訪ねる】　　　　　　→伺う 他II　拜訪，訪問

類義代換

きのうおじを訪ねました。

＝きのうおじのうちへ行きました。

621 たずねる₃ たずねます₄ たずねて₂ たずねない₃	【尋ねる】　　　　　　→伺う 他II　問，打聽

「たすけて」按照重音規則應該是③前移一位變成②，但「すけ」時的「す」因為母音無聲化，所以重音後退回到③。

622 たたみ。	【畳】 名 榻榻米
623 ～だて	【～建て】　　　　☆「3階建て」 接尾 （房屋結構、樓層） ～式建築
624 たてる₂ たてます₃ たてて₁ たてない₂	【立てる】　　　　∞⁵立つ 他II 立起，使站立
625 たてる₂ たてます₃ たてて₁ たてない₂	【建てる】 他II 建造，搭蓋
626 たとえば₂	【例えば】 副 譬如，例如
627 たのしみ₃,₄,₀	【楽しみ】　　　☆「旅行の楽しみ」 名 ナ形 樂趣；期待

即時應答

夏休みは来週からですね。
(暑假是下個星期開始對吧)

→ うん、楽しみにしてるね。(嗯·真令人期待呢)

| 628 たのしむ₃ | 【楽しむ】　☆「釣りを楽しむ」 |
| たのしみます₅
たのしんで₃
たのしまない₄ | 他Ⅰ 享受，從中取樂；
期待 |

| 629 たまに₀ | 【偶に】 |
| | 副 偶爾，不常 |

類義代換

私 はたまに図書館を利用します。

＝私はあまり図書館を利用しません。

| 630 たまねぎ₃ | 【玉ねぎ】 |
| | 名 洋蔥 |

| 631 ため₂ | 【為】 |
| | 名 因為，由於；目的，為了 |

た

例	事故があったために、道がこんでいます。 (由於發生了事故，所以道路擁塞)
例	家を建てるために、お金を借りました。 (為了蓋房子而借了錢)

632 だめ₂	【駄目】
だめだった₂ だめで₂ だめで(は)ない₂₋₅	ナ形 不行，不可以； 不可能，無法

例	ここで写真をとっちゃ、だめだよ。 (在這裡拍照是不可以的唷)
例	あしたはだめです。予定がありますから。 (明天沒有辦法，我有安排了)

633 たりる₀	【足りる】 ☆「お金が足りません。」
たります₃ たりて₀ たりない₀	自II 夠，足夠

634 タワー₁	"tower"
	名 塔，高塔

635 だんせい₀	【男性】 ⇔女性
	名 男性

た

636 たんぼ。	【田んぼ】 ⇔ 畑^{はたけ}
	名 田，水田
637 だんぼう。	【暖房】 ☆「暖房をつける」 ⇔ 冷房^{れいぼう}
	名 暖氣(效果)；暖氣設備

ち

た**ち**ってと

638 ち。	【血】
	名 血，血液
639 ちいさい₃ ちいさかった_{1/3} ちいさくて_{1/3} ちいさくない_{1/3-5}	【小さい】 ☆「私が小さいとき」^{わたし} ⇔ 大きい^{おお} イ形 (面積、數量、規模等)小的；(年紀)幼小的

150 「ちいさくて」「ちいさかった」按照重音規則應該是③前移一位變成②，但「ちい」為長音，所以重音會再前移，變成①。

640 チーズ₁	"cheese"
	名 起司，乳酪
641 チーム₁	"team"
	名 團隊；(競賽)隊伍
642 チェック₁	"check"　　　　☆チェックする
	名 他Ⅲ 檢查，核對

類義代換

名前を書いたかどうか、もう一度
チェックしてください。
＝もう一度調べてください。

643 ちから₃	【力】
	名 力氣，力量；能力
644 チケット₂,₁	"ticket"
	名 票(機票、戲票、入場券等)

645 ちこく₀	【遅刻】 ☆遅刻する
	名 自Ⅲ 遅到
646 ちしき₁	【知識】
	名 知識
647 ちちおや₀	【父親】 ⇔母親
	名 父親
648 ちっとも₃	→全然
	副 (後接否定)一點也(不)
649 ちゃんと₀	☆「ちゃんと前を見て運転しなさい。」
	副 好好地，確實地
650 ちゅうい₁	【注意】 ☆「注意して聞く」
	名 自Ⅲ 注意，當心；仔細謹慎

ち

651 ちゅうい₁	【注意】　　　　☆「人を注意する」
	名 他Ⅲ 提醒留意，警告
例 会議に遅れて注意されてしまいました。 （開會時遲到被提醒要注意）	
652 ちゅうし。	【中止】　　　　　　☆中止する
	名 他Ⅲ 中止，取消
例 試合は雨で中止になった。 （比賽因雨停賽）	
653 ちゅうしゃ。	【注射】　　　　　　☆注射する
	名 他Ⅲ 注射，打針
654 ちゅうしゃじょう。	【駐車場】
	名 停車場
655 ちゅうもん。	【注文】　　　　　　☆注文する
	名 他Ⅲ 訂購

ち

153

656 ちょう₁ /ちょうちょう₁	【蝶】【蝶蝶】 名 蝴蝶
657 ～ちょう	【～町】 ∞ ⁵まち町 名 ～町，～鎮
658 ちょうかい₀	【聴解】 ∞ どっかい読解 名 聴解
659 ～ちょうめ	【～丁目】 名 ～丁目（街道區劃區位，相當於中文～段）
660 チョーク₁	"chalk" 名 粉筆
661 ちり₁	【地理】 名 地理

ち△

△「聴解」是日本語能力試験其中一項考試科目。

たち つ てと

662 つかまえる₀ つかまえます₅ つかまえて₀ つかまえない₀	【捕まえる】 他Ⅱ 揪住，抓住；捕捉
663 つき₂	【月】 名 月，月亮
664 つき₂	【月】　　　　☆「一月」 名 (一個)月，月份
665 つく₁,₂ つきます₃ ついて₁ つかない₂	【付く】【点く】　★「電灯がつく」 自Ⅰ (火)點燃； 　　(燈、電器)點著，開啟

何と言う？

(ホテルのテレビが壊れています。)

🖐 テレビがつかないんですが。

つ

666 **つくる**₂	【作る】 ☆「野菜を作る」
つくります₄ つくって₂ つくらない₃	他Ⅰ 做，製作；建造；創作；培育（人、農作）

例 このお酒は米から作ります。
（這個酒是用米釀造的）

例 政府が山の近くに新しい町を作りました。
（政府在山邊建造了新的城鎮）

667 **つける**₂	【付ける】 ☆「点をつける」
つけます₃ つけて₂ つけない₂	他Ⅱ 記，筆記；加上記號

◎ 気をつける ※注意，小心

外は暗いから、気をつけてくださいね。

（外頭很暗，請小心）

668 **つごう**₀	【都合】 ☆「都合が悪い」
	名 方便與否；情況，有事

例 大体何時ごろがご都合よろしいですか。
（您大概幾點時間方便？）

例 今度の計画は先生の都合で中止になりました。
（這次的計畫因為老師有事而中止）

「つけて」按照重音規則應該是②前移一位變成①，但「つけ」的「つ」因為母音無聲化，所以重音退回到②。

669 つたえる0,3 つたえます4 つたえて0 つたえない0	【伝える】 他II 傳達，轉告
670 つち2	【土】 名 土，土壤
671 つづく0 つづきます4 つづいて0 つづかない0	【続く】　　☆「いい天気が続く」 自I 持續；相連；相繼
672 つづける0 つづけます4 つづけて0 つづけない0	【続ける】　☆「勉強を続ける」 他II 繼續；使相連； 　　 使相繼發生

● **〜つづける**　※與其他動詞結合表示持續〜

あの人は３０分ずっと話しつづけている。

(那個人３０分鐘一直講個不停)

673 つつむ2 つつみます4 つつんで2 つつまない3	【包む】 他I 包，包起來

674 ～って	☆「ニュースで今日は晴れるって。」
	助 (引述傳聞)聽說～
675 つなみ。	【津波】
	名 海嘯
676 つま₁	【妻】　　　　　　　⇔夫
	名 妻子
677 つめ。	【爪】
	名 (動物)爪子；指甲，趾甲
678 つめたい。 つめたかった₃ つめたくて₃ つめたくない₅	【冷たい】　　　　⇔温かい
	イ形 低溫的，冰冷的；冷淡的
679 つゆ。	【梅雨】
	名 梅雨，梅雨季

680 つよい₂ つよかった₁/₂ つよくて₁/₂ つよくない₁/₂-₄	【強い】　　　　　　　　　⇔弱い イ形　強烈的；強壯的； 　　　能力強的，有能耐的
681 つよさ₁	【強さ】　　　　　☆「風の強さ」 名 強度；強勁，強壯，強韌
682 つり₀	【釣り】 名 釣魚
683 つる₁	【鶴】 名 鶴
684 つる₀ つります₃ つって₀ つらない₀	【釣る】 他Ⅰ 釣魚
685 つれる₀ つれます₃ つれて₀ つれない₀	【連れる】　☆「ペットを病院へ 　　　　　　　連れて行く」 他Ⅱ 帯(人、動物)同行

たちっ て と

686 で₁	
	接続 [口] （輕微接續前言） 那麼，然後，所以
例 部屋に行って、かぎあるかどうか見てくれる？ で、あったら、持ってきてください。 (你去房間幫我看有沒有鑰匙好嗎？有的話，請拿來給我)	
● ～てあげる　　　　※前接動詞，表示為對方做～	
ノートを貸してあげる。 (我把筆記借給你)	
687 ディーブイディー₅	"DVD"
	名 DVD光碟
688 ていねい₁	【丁寧】　　　　☆「丁寧な言葉」
ていねいだった₁ ていねいで₁ ていねいで(は)ない₁₋₇	ナ形 禮貌；細心，周到

字をていねいに書きなさい。

＝きれいに字を書きなさい。

689 デート₁	"date"
	名 男女約會
690 てきとう₀	【適当】
てきとうだった₅ てきとうで₀ てきとうで(は)ない₅,₇	ナ形 適當
691 できる₂	【出来る】 ★「銀行ができる」
できます₃ できて₁ できない₂	自II 能，會；做好，完成； 建成，形成；產生，有

例 町に自動車の工場ができました。
（鎮上開了間汽車工廠）

例 クラスで新しい友だちができた。
（我在班上交到新朋友）

| 692 できるだけ₀ | →なるべく |
| | 連語 儘量，儘可能 |

● **～てしまう** ※強調前述動作徹底完成或無可轉圜

きのう習ったことをもう忘れてしまいました。
(昨天學的事已經都忘光了)

693 ですから₁	→⁵だから
	接続 因此，所以

694 てぶくろ₂	【手袋】
	名 手套

● **～てほしい** ※表希望對方如此做或祈求前述結果

これから注意してほしいことを言います。
(現在要說希望大家注意的事項)

● **～てみる** ※表嘗試前述動作

みんなの意見も聞いてみましょう。
(也聽聽看大家的意見吧)

● **～てもいい** ※表前述動作被允許

写真をとってもいいですか。(可以拍照嗎?)

→ ここではとってはいけません。(這裡不可以拍照)

て

● **〜てもらう** ※前接動詞,表示受惠於對方的作為

お金を忘れたので、友達に貸してもらった。

(忘了帶錢,所以朋友借給我)

● **〜てやる** ※為同輩或下位者做〜

水泳は僕が教えてやるよ。

(游泳就由我來教你吧)

695 〜でも	☆「お茶でも飲みませんか。」
	助 (隨意舉例)〜或什麼的

696 てら₂	【寺】 ∞神社
	名 寺院,寺廟

697 でる₁ でます₂ でて₁ でない₁	【出る】 ☆「音が出る」
	自Ⅱ 出現,發出,產生; 推出,出品 ∞出す

例 お金を入れてボタンを押すと、切符が出てきます。
(投入錢,按下按鈕後,車票就會出來)

例 もうすぐ新しいカメラが出るんですって。
(聽說新款相機就快推出了)

698 でる₁ でます₂ でて₁ でない₁	【出る】 ☆「会社に出る」 自Ⅱ 出席，上(班)，上(學)； 接(電話)

例 残念ですが、あしたのパーティーには出られません。
　(很遺憾，明天的派對我無法出席)

例 姉はいま電話に出ています。
　(我姊姊現在正在講電話)

699 テレビきょく₃	【テレビ局】 "television+局" 名 電視臺

700 テレビゲーム₄ /ゲーム₁	"television game" 名 電玩遊戲

701 てん₀	【点】 名 (記號)點；得點，分數

702 ～てん	【～店】 ☆「お土産店」 接尾 ～店

703 てんいん₀	【店員】	☞職業
	名 店員	
704 てんきよほう₄	【天気予報】	
	名 天氣預報	
705 でんしじしょ₄	【電子辞書】	
	名 電子字典	
706 でんしメール₄ /メール₀,₁	【電子メール】 "電子+mail" →⁵メール、Eメール	
	名 電子郵件	
707 でんしレンジ₄	【電子レンジ】 "電子+range"	
	名 微波爐	
708 てんじょう₀	【天井】	∞床
	名 天花板	

て

165

709 でんとう。	【電灯】
	名 電燈
710 てんらんかい₃	【展覧会】
	名 展覽會

と

たちって と

711 と₁ /～と	【都】 ☆「東京都」とうきょう
	名 (行政區劃的)都；都城； ～都
712 ～ど	【～度】
	名 (溫度、角度等度數)～度

713 トイレットペーパー₆	"toilet paper"
	名 衛生紙
714 ～とう	【～頭】 ☞助数詞
	接尾（大型動物)～頭
715 どうぐ₃	【道具】
	名 工具，器具
716 どうして₁	→⁵どうやって
	副 為什麼；如何，用何種方法
717 とうとう₁	【到頭】 ☆「とうとう試験の日が来ました。」
	副 終於，到底
718 とうふ₀,₃	【豆腐】
	名 豆腐

719 どうぶつえん₄	【動物園】
	名 動物園
720 どうろ₁	【道路】
	名 道路
721 トースト₁	"toast"
	名 烤土司
722 とおり₃	【通り】
	名 大街，馬路
723 ～とおり	【～通り】　　　★「次のとおり」
	名 如～，照～
724 とおる₁ とおります₄ とおって₁ とおらない₃	【通る】
	自Ⅰ 通過，通行；穿過

例	このバスは郵便局の前を通りますか。 （這班公車有行經郵局前面嗎？）

725 ～とか	
	助 (隨意列舉)～呀，～等

例	デパートでシャツとかくつ下とかいろいろ買いました。 （在百貨公司買了襯衫呀襪子等許多東西）

726 とくい₂,₀	【得意】☆「安部君は歌が得意だ。」
とくいだった₂ とくいで₂ とくいで(は)ない₂₋₆	ナ形 擅長，拿手　　⇔苦手 名 拿手的事

727 どくしん₀	【独身】
	名 單身

728 とくに₁	【特に】
	副 特別，尤其

729 とくべつ₀	【特別】　　☆「特別な品物」
とくべつだった₅ とくべつで₀ とくべつで(は)ない₅₋₇	ナ形 副 特別，特殊，格外

730	どこも〜₀ 全面否定 どこも〜₁ 全面肯定	連語	(後接否定)哪裡也(不)〜； 哪裡也〜，到處都〜

731	とこや₀	【床屋】	∞美容院
		名 理髪廳	

732	〜ところ	【〜所】	☆「今のところ」
		名	正〜時，〜的當下； 階段，時期

例	いまから母に電話をかけるところです。 (我現在就要打電話給我母親)
例	いまお茶を入れたところなんです。 (我現在正泡好了茶)

733	とし₁	【都市】
		名 都市

734	としうえ₀	【年上】	⇔年下
		名 年長	

735 と<u>しした</u>。	【年下】	<ruby>年上<rt>としうえ</rt></ruby>⇔
	名 年幼	
736 <u>としよ</u>り_{3,4}	【年寄り】	<ruby>若者<rt>わかもの</rt></ruby>⇔
	名 老年人	

◎ 年を取る　　　　　　　　　※年紀增長

この<ruby>町<rt>まち</rt></ruby>は<ruby>年<rt>とし</rt></ruby>をとった<ruby>人<rt>ひと</rt></ruby>が<ruby>多<rt>おお</rt></ruby>い。
（這個鎮上有很多年紀大的人）

| 737 と<u>ちゅう</u>。 | 【途中】 |
| | 名 半路，中途 |

例 <ruby>会議<rt>かいぎ</rt></ruby>の<ruby>途中<rt>とちゅう</rt></ruby>で<ruby>電話<rt>でんわ</rt></ruby>が<ruby>鳴<rt>な</rt></ruby>りました。
（會議途中電話響了）

| 738 ど<u>ちらか</u>₁ | |
| | 連語 二者中的哪一個 |

例 どちらか<ruby>好<rt>す</rt></ruby>きなほうを<ruby>取<rt>と</rt></ruby>ってください。
（請從二者中拿你喜歡的那個）

と

739 どちらも〜。	☆「犬も猫もどちらも好きです。」
	連語 二者都〜
△ 740 どっかい。	【読解】 ∞聴解
	名 讀解
741 とっきゅう。	【特急】 ∞急行
	名 特快車
742 とどける₃ とどけます₄ とどけて₂ とどけない₃	【届ける】 他II 送到,遞送
743 とまる。 とまります₄ とまって。 とまらない。	【泊まる】 自I (人)住宿,投宿；(船)停泊,靠港
744 とめる。 とめます₃ とめて。 とめない。	【止める】 ☆「機械を止める」 ∞⁵止まる 他II 使停止,止住；制止

と

△「読解」是日本語能力試験其中一項考試科目。

745 どよう2,0 /ど1	【土曜】【土】 →[5]土曜日
	名 星期六
746 とら0	【虎】
	名 老虎
747 トラック2	"truck"
	名 卡車
748 ドラマ1	"drama"
	名 戲劇
749 とりかえる0 とりかえます5 とりかえて0 とりかえない0	【取り替える/取り換える】 →替える
	他II 交換；更換
750 どりょく1	【努力】 ☆努力する
	名 自III 努力

751 と**る**₁ とります₃ とって₁ とらない₂	【取る】☆「その本、取ってくれる?」 他I　拿，取；盜取； 　　　得到，取得
例 デパートで財布を取られました。 （在百貨公司被偷了錢包） 例 息子がこの間のテストで100点を取りました。 （我兒子在上次考試中拿了100分）	
752 **ド**ル₁	"荷dollar" 名 (貨幣)元；美元，美金
753 どれか₁	連語 三者以上眾多中的 　　　哪一個
754 ど**れも〜**₀ 全面否定 ど**れも〜**₁ 全面肯定	連語 (後接否定)哪個也(不)〜； 　　　無論哪個都〜，全都〜
755 どろぼう₀	【泥棒】　　　　　　∞すり 名 小偷，賊

と

| 756 トン₁ | "ton" |
| | 名 (重量単位)噸 |

757 どんどん₁	
	副 進展迅速地，不停歇地
例 赤ちゃんがどんどん大きくなります。	
(小嬰兒一天一天地長大)	

| 758 どんなに₁ | |
| | 副 多麼，何等 |

759 どんなに～ても₁	
	連語 即使再怎麼～也
例 どんなに忙しくても朝ごはんを食べています。	
(不管再怎麼忙都有吃早餐)	

| 760 トンネル。 | "tunnel" |
| | 名 隧道 |

と

な にぬねの

761 ナイロン₁	"nylon" 名 尼龍化纖
762 なおす₂ なおします₄ なおして₂ なおさない₃	【直す】 ∞直る 他I 修理；修改，訂正
例 友だちに自転車を直してもらった。 （朋友幫我修理自行車） 例 先生に作文を直していただきました。 （老師幫我改作文）	
763 なおす₂ なおします₄ なおして₂ なおさない₃	【治す】 ∞治る 他I 治療
764 なおる₂ なおります₄ なおって₂ なおらない₃	【直る】 ∞直す 自I 修好，復原；改正

765 な<ruby>お<rt>ˊ</rt></ruby>る₂	【治る】	∞<ruby>治<rt>なお</rt></ruby>す

なおります₄
なおって₂
なおらない₃

自I 治好，痊癒

即時應答

<ruby>風邪<rt>かぜ</rt></ruby>は治りましたか。

(感冒好了嗎？)

→ ええ、おかげさまで。(嗯・託你的福)

766 ながさ₁	【長さ】

名 長度

767 な<ruby>か<rt>ˊ</rt></ruby>なか₀	☆「バスがなかなか<ruby>来<rt>こ</rt></ruby>ない。」

副 (後接否定)怎麼也(不)

768 なくなる₀	【無くなる】	∞⁵無くす

なくなります₅
なくなって₀
なくならない₀

自I 消失；殆盡，用光

769 なくなる₀	【亡くなる】

なくなります₅
なくなって₀
なくならない₀

自I 死亡，去世

な

177

770 なげる₂ なげます₃ なげて₁ なげない₂	【投げる】 他Ⅱ 投擲，拋

● **～なければいけない**　　　　※表認為必須～

悪<small>わる</small>いことをしたら、「ごめんなさい」と謝<small>あやま</small>らなければいけませんよ。　（若有做壞事就必須道歉喲）

● **～なければならない**　※表義務或情勢上必須～

あした宿題<small>しゅくだい</small>を出<small>だ</small>さなければならないと言われた。
（我被告知一定要明天交作業）

771 な｀さる₂ なさいます(*)₄ なさって₂ なさらない₃	【為さる】　　　　　　→する 他Ⅰ [敬] 做

例　先生<small>せんせい</small>は土曜日<small>どようび</small>のパーティーに出席<small>しゅっせき</small>なさいますか。
（老師會出席星期六的派對嗎？）

772 なにか /なんか	【何か】 連語 （副詞用法）總覺得，不知道為什麼

例　うーん、なんか変<small>へん</small>だなあ。
（嗯…，總覺得哪裡怪怪的）

な

動詞「なさる」的ます形以「なさいます」取代「なさります」。相同情形也出現在敬語「いらっしゃる・おっしゃる・くださる」上。

| 773 | な゚べ₁ /おな゚べ₂ | 【鍋】【お鍋】 |
| | | 名 鍋子；火鍋料理 |

| 774 | な゚みだ₁ | 【涙】 |
| | | 名 眼淚 |

| 775 | な゚る₀ | 【鳴る】 |
| | なります₃ なって₀ ならない₀ | 自Ⅰ 鳴，響，發出聲音 |

| 776 | な゚る₁ | ☆「荷物(にもつ)がじゃまになる」 |
| | なります₃ なって₁ ならない₂ | 自Ⅰ 轉變，成為；起~作用；(數值)到達~ |

● お/ご~になる　　　　　　　※尊稱對方的動作

先生(せんせい)は何(なに)をお飲(の)みになりますか。
(老師您要喝什麼？)

| 777 | な゚るべく₀,₃ | →できるだけ |
| | | 副 儘量，儘可能 |

な

例	あしたは試験(しけん)ですから、なるべく早(はや)く来(き)てください。 (明天有考試，所以請儘量早來)
778 なるほど。	【成る程】 副 的確，誠如所言
779 なれる2 なれます3 なれて1 なれない2	【慣れる】 自Ⅱ 習慣，適應
780 ～なんか	→～なんて 助 (表示舉例，有時帶看輕之 意)～之類，說什麼～
781 ～なんて	→～なんか 助 (表示意外、看輕) ～之類，說什麼～
例	数学(すうがく)の勉強(べんきょう)なんて大嫌(だいきら)い。 (我最討厭讀數學了!)
782 なんど1	【何度】 名 (溫度)幾度

な

783 なんども〜₁	【何度も〜】
	連語 好幾次都〜
例 わたしの自転車は何度も壊れた。 (我的腳踏車壞了好幾次)	

な に ぬねの

に

784 にあう₂ にあいます₄ にあって₂ にあわない₃	【似合う】
	自Ⅰ 合適，相稱
例 山田さんは赤い服が似合っている。 (山田小姐很適合紅色的衣服)	
785 におい₂	【匂い】
	名 氣味，(嗅覺上的)味道

例	台所 からいいにおいがします。 （廚房傳來好聞的味道）

786 にがい₂	【苦い】
にがかった₁/₂ にがくて₁/₂ にがくない₁/₂-₄	イ形 苦的

787 にがて₀,₃	【苦手】 ⇔得意
にがてだった₄ にがてで₀ にがてで(は)ない₄-₆	ナ形 不擅長 名 不擅長的事

788 ～にくい	⇔～やすい
	接尾 難～，不好～

例	くすりが苦くて飲みにくい。 （藥很苦，難以下嚥）

789 にげる₂	【逃げる】
にげます₃ にげて₁ にげない₂	自II 逃跑，逃走

790 にこにこ₁	☆にこにこする
	副 自III 笑嘻嘻

791 に<u>ちよ</u>う_{3,0} /<u>にち</u>₁	【日曜】【日】　　　→ ⁵日曜日 名 星期日
792 ~に<u>つ</u>いて	☆「テストについて聞いています。」 連語 關於~，就~而言
793 にっき₀	【日記】 名 日記
794 にゅういん₀	【入院】　　　　　　⇔退院 名 自Ⅲ 住院，入院
795 にゅう<u>がく</u>₀	【入学】　　　　　　⇔卒業 名 自Ⅲ 入學
796 ~に<u>よ</u>ると	 連語 根據~

に

例	天気予報によると、今夜は雪になるそうです。 (根據天氣預報，聽說今晚會下雪)
797 にる₀ にます₂ にて₀ にない₀	【似る】 自II 相像，類似
例	姉が母に顔がよく似ています。 (我姊的臉長得很像我母親)
798 にんき₀	【人気】 名 人氣，人緣

ぬ

なに ぬ ねの

799 ぬすむ₂ ぬすみます₄ ぬすんで₂ ぬすまない₃	【盗む】 他I 偷竊

どろぼうに財布を盗まれました。

＝どろぼうが財布を取っていきました。

800 ぬ<u>る</u>。	【塗る】
ぬります₃ ぬって。 ぬらない。	他Ⅰ 塗，抹，擦
801 ぬ<u>れる</u>。	【濡れる】
ぬれます₃ ぬれて。 ぬれない。	自Ⅱ 沾濕，淋濕

ね

なにぬ**ね**の

802 ね<u>ずみ</u>。	【鼠】
	名 鼠

803 ねだん。	【値段】
	名 價格，價錢
804 ねつ₂	【熱】 ☆「熱がある」
	名 熱，熱度；發燒
805 ネックレス₁	"necklace"
	名 項鍊
806 ねっしん₁,₃	【熱心】 <ruby>一生懸命<rt>いっしょうけんめい</rt></ruby> →一生懸命
ねっしんだった₁ ねっしんで₁ ねっしんで(は)ない₁,₇	ナ形 名 熱切，投入，熱忱

類義代換
<ruby>一生<rt>いっしょう</rt></ruby>けんめいこの<ruby>講義<rt>こうぎ</rt></ruby>を<ruby>聞<rt>き</rt></ruby>いています。

＝熱心にこの講義を聞いています。

807 ねぼう。	【寝坊】 ☆寝坊する
	名 自Ⅲ 睡懶覺，貪睡晚起

808 ねむい。 ねむかった₂ ねむくて₂ ねむくない₄	【眠い】 イ形 睏的，想睡覺的
809 ねむる。 ねむります₄ ねむって。 ねむらない。	【眠る】 　　　　　→寝る 自I 睡覺，入眠
810 ねる。 ねます₂ ねて。 ねない。	【寝る】 　　　　　→眠る 自II 睡覺；躺下；(因病)臥床

例 いままで寝ていた赤ちゃんが急に泣き出した。
(到剛剛為止一直睡著的小嬰兒突然哭了起來)

例 医者：そこに寝てください。おなかを見せてください。
(請到那邊躺下，給我看看肚子)

811 ねんがじょう₃,₀	【年賀状】 名 賀年卡
812 ～ねんせい	【～年生】 　　　☆「一年生」 接尾 ～年級生

ね

なにぬね の

813 のうぎょう₁	【農業】 名 農業
814 のこる₂ のこります₄ のこって₂ のこらない₃	【残る】 自I 剩餘，殘存；留下
<div align="right">**類義代換**</div>台所に料理が残っています。 ＝料理は台所にまだあります。	
815 ノック₁	"knock"　☆「ドアをノックする」 名 他III 敲門
816 のど₁	【喉】 名 喉嚨，嗓子

817 ～のに	
	助 表示不合常理，後項未如預期與前項呼應

例 春_{はる}なのに、暑_{あつ}い日_ひがあります。
(明明是春天，卻有酷熱的日子)

例 5時_じに会_あう約束_{やくそく}したのに、友_{とも}だちは来_きませんでした。
(約好5點要見面的，朋友卻沒有來)

818 ～のに	
	連語 表示適用的場合、時機

例 これは家_{いえ}を建_たてるのに使_{つか}う道具_{どうぐ}です。
(這是要蓋房子時使用的工具)

819 の<u>り</u>₂	【糊】
	名 漿糊；黏著劑

820 の<u>りかえ</u>る_{4,3}	【乗り換える】
のりかえます₅ のりかえて₃ のりかえない₄	自他II 轉乘，轉搭

例 次_{つぎ}の駅_{えき}で降_おりて、バスに乗_のり換_かえてください。
(請在下一站下車，改搭公車)

821 のりば。 /～のりば	【乗り場】　　☆「タクシー乗り場」 图 等候搭乘的場所，招呼站
822 のりもの。	【乗り物】 图 交通工具；(遊戲場的)遊樂騎乘設施

の

は ひふへほ

823 は。	【葉】 名 葉子
824 ばあい。	【場合】 名 場合，情況，時候
825 バーゲン₁ /バーゲンセール₅	"bargain sale" 名 折扣特賣
826 パーセント₃	"percent" ∞ ～割^{わり} 名 百分比
827 パート₀,₁ /パートタイム₄	"part-time" ☆「パートタイムで 　　　　　働^{はたら}く」 名 臨時工，兼職

828 ばい₀,₁	【倍】
	名 倍，加倍
829 はいけん₀	【拝見】
	名 他Ⅲ [謙] 看，拜讀

どうぞごらんください。（請您過目）

→ では、拝見します。（那我就拜讀了）

830 はいしゃ₁	【歯医者】 ☞ 職業
	名 牙醫
831 ばいてん₀	【売店】
	名 （尤指車站、劇場內設置的）小商店，販售部

● バイバイ。

じゃ、またね。（那麼再見囉）

→ うん、バイバイ。（嗯・再見）

※熟人間或小孩用於親切道別

は

832 はいゆう。	【俳優】	☞職業
	名 演員	
833 はいる₁	【入る】	
はいります₄ はいって₁ はいらない₃	自I 進入；置，安放	
例 かばんにはお金がたくさん入っています。 (包包裡放著很多錢)		
834 はえ。	【蠅】	
	名 蒼蠅	
835 ばか₁	【馬鹿】	
ばかだった₁ ばかで₁ ばかで(は)ない₁₋₅	名 笨蛋，傻瓜 ナ形 笨，傻	
836 ～ばかり		
	助 只，僅	
例 テレビばかり見ていると、目が悪くなりますよ。 (老是一直看電視，你視力會變差的喲)		

は

193

● ～たばかり　　　※表示覺得前述動作才剛完
買ったばかりのテレビが盗まれた。 (才剛買的電視被偷了)

837 はくぶつかん4,3	【博物館】
	名 博物館

838 はこぶ0 はこびます4 はこんで0 はこばない0	【運ぶ】
	他I 運送，搬運

は

● ～始める　　　　　※與動詞結合表示開始
みんなは「いただきます」と言って、食べは じめました。(大家說「開動」，接著就開始吃飯)

839 パジャマ1	"pajamas"
	名 (寬鬆上衣加長褲式的 成套)睡衣

840 ばしょ0	【場所】
	名 場所，地點

841 は‾しる₂ はしります₄ はしって₂ はしらない₃	【走る】 自I 跑；(交通工具)急駛
842 はず₀	【筈】 名 理應，照理應該

例 きのう連絡したので、彼も知っているはずです。
(昨天有聯絡過了，所以他應該也知道才對)

例 この薬を飲めば病気は治るはずです。
(吃了這個藥，病應該就會好)

843 はずかし‾い₄ はずかしかった₃/₄ はずかしくて₃/₄ はずかしくない₃/₄-₆	【恥ずかしい】 イ形 害羞的；羞愧的
844 パ‾スタ₁	"pasta" 名 義大利麵統稱
845 バ‾スてい₀	【バス停】 "bus+停" 名 公車站牌，公車停靠站

は

846 はた₂	【旗】
	名 旗子
847 はたけ₀	【畑】　　　　　　⇔田_たんぼ
	名 旱田
848 はち₀	【蜂】
	名 蜜蜂
849 ばつ₁	⇔丸_{まる}
	名 (符號) 叉叉, ×
850 はつおん₀	【発音】　　　　　☆発音する
	名 他Ⅲ 發音
851 はっきり₃	☆はっきりする
	副 自Ⅲ 清楚, 鮮明

は

例	名前_{な まえ}ははっきり書_かいてください。 (名字要寫清楚)

例 名前_{な まえ}ははっきり書_かいてください。
(名字要寫清楚)

例 先生_{せんせい}は声_{こえ}もいいし、発音_{はつおん}もはっきりしています。
(老師不僅聲音好聽，發音也很清晰)

852	バッグ₁	"bag"　　　　　　　　　→ ⁵かばん
		名 包包，袋子

853	はなび₁	【花火】
		名 煙火

854	はなみ₃	【花見】
		名 賞花（尤指賞櫻）

855	パパ₁	"papa"　　　　　　　　　⇔ママ
		名 [口] 爸爸

856	ははおや₀	【母親】　　　　　　⇔父親_{ちちおや}
		名 母親

は

857 ハム1	"ham"
	名 火腿
858 はやく1	【早く】 ☆「朝早く散歩する」
	⇔遅く
	名 早；早期
859 はやさ1	【速さ】
	名 速度；快速，快
860 はやし0	【林】 →森
	名 林，樹林
861 はやめに0,3	【早め】 ☆「今日は早めに
	帰ります。」
	副 提早
862 ばら0	〖薔薇〗
	名 玫瑰，薔薇

は

863 はらう₂ はらいます₄ はらって₂ はらわない₃	【払う】 ☆「電気代を払う」 他I 支付，付(錢)	
864 バレーボール₄	"volleyball" 名 排球	
865 ばんぐみ₀	【番組】 名 (廣播電視)節目	
866 ばんざい₃	【万歳】 感 (歡呼)萬歲	
867 ～ばんせん	【～番線】 接尾 ～番線	註：意指通過第～號月台的列車
868 はんたい₀	【反対】 ☆「反対側」 名 ナ形 相反，相對 名 自Ⅲ 反對	

は

199

> 例 わたしの国と日本は、季節が反対です。
> （我的國家和日本・季節正好相反）
>
> 例 わたしたちの結婚は父に反対されました。
> （我們的婚姻遭父親反對）

869 はんつき₄	【半月】
	名 半個月
870 はんとし₄	【半年】
	名 半年
871 はんにち₄	【半日】
	名 半天
872 ハンバーガー₃	"hamburger"
	名 漢堡
873 ハンバーグ₃ /ハンバーグステーキ₇	"hamburg steak"
	名 日式漢堡排

は

は **ひ** ふへほ

874 ひ。	【日】 ☆「日が暮れる」
	名 太陽；日光；白晝，白天
875 ひえる₂ ひえます₃ ひえて₁ ひえない₂	【冷える】 ∞冷やす
	自II 變冷，變涼；感覺冷
例 ずっと外にいたので、体が冷えてしまいました。 （因為一直在外面·身體因而變冷）
例 このごろ、朝晩はだいぶ冷えるわね。 （最近早晚都好冷呢）
876 ひかり₃	【光】
	名 光，光線
877 ひかる₂ ひかります₄ ひかって₂ ひからない₃	【光る】
	自I 發光，發亮

ひ

878 ひきだし。	【引き出し】
	名 抽屜
879 ひく。 ひきます₃ ひいて。 ひかない。	【引く】 ⇔押す 他I 拉；拖，牽
880 ひげ。	【髭】 名 鬍鬚
881 ひこうじょう。	【飛行場】 →⁵空港 名 飛機場
882 ひざ。	【膝】 名 膝蓋
883 ひさしぶり₀,₅ ひさしぶりだった₆ ひさしぶりで。 ひさしぶりで(は)ない₆₋₈	【久しぶり】 ナ形 名 相隔許久，久違

ひ

何<ruby>年<rt>ねん</rt></ruby>も<ruby>先生<rt>せんせい</rt></ruby>に<ruby>会<rt>あ</rt></ruby>っていませんでした。

＝<ruby>久<rt>ひさ</rt></ruby>しぶりに先生に会いました。

884 ひじ₂	【肘】
	名 手肘
885 びじゅつかん₃,₂	【美術館】
	名 美術館
886 ひじょうに₀	【非常に】　　　　→ずいぶん
	副 非常，極
887 ひだりがわ₀	【左側】　　　　⇔<ruby>右側<rt>みぎがわ</rt></ruby>
	名 左側
888 ひだりて₀	【左手】　　　　⇔<ruby>右手<rt>みぎて</rt></ruby>
	名 左手；左手邊

ひ

203

| 889 びっくり₃ | →驚く |
| | 副自Ⅲ 吃驚，嚇一跳 |

類義代換

そのニュースを聞いてびっくりしました。
＝そのニュースを聞いて驚きました。

| 890 ひっこし₀ | 【引っ越し】 ☆「引っ越しをする」 |
| | 名自Ⅲ 搬家，遷居 |

| 891 ひっこす₃ | 【引っ越す】 |
| ひっこします₅ ひっこして₃ ひっこさない₄ | 自Ⅰ 搬家，遷居 |

| 892 ひつじ₀ | 【羊】 |
| | 名 綿羊 |

| 893 ひつよう₀ | 【必要】 →⁵要る |
| ひつようだった₅ ひつようで₀ ひつようで(は)ない₅,₇ | ナ形 名 必須，必要 |

ひ

アパートを借りるとき、何が必要ですか。

＝アパートを借りるとき、何が要りますか。

894 ビデオ₁	"video"
	名 錄影畫面；錄影帶；錄影機
895 ビデオカメラ₄	"video camera"
	名 攝影機
896 ビデオテープ₄	"video tape"
	名 錄影帶
897 ビデオレコーダー₅	"video recorder"
	名 錄放影機
898 ひどい₂ ひどかった ₁/₂ ひどくて ₁/₂ ひどくない ₁/₂-₄	イ形 殘酷的；糟透的；極度的，過分的

ひ

例 やさしい彼がこんなひどいことをするはずがない。 (溫和的他不可能會做這麼殘酷的事)	
例 きのうは雨がたくさん降ってひどい天気でした。 (昨天天氣很糟，下了好大的雨)	
899 ひとばん₂	【一晩】 名 一整晚
900 ひとり₂	【一人/独り】 名 單獨一人
例 子供がひとりで外に出てしまった。 (小孩一個人跑出去了)	
901 ひも₀	〖紐〗 名 繩子
902 ひやす₂ ひやします₄ ひやして₂ ひやさない₃	【冷やす】 ∞冷える 他Ⅰ 使冰涼
例 今日は友達が来るから、ビールを冷やしておきます。 (今天有朋友要來，所以先冰好啤酒)	

ひ

903	～びょう	【～秒】

接尾 (時間)～秒

1秒	いちびょう	6秒	ろくびょう	20秒	にじゅうびょう
2秒	にびょう	7秒	ななびょう	30秒	さんじゅうびょう
3秒	さんびょう	8秒	はちびょう	40秒	よんじゅうびょう
4秒	よんびょう	9秒	きゅうびょう	50秒	ごじゅうびょう
5秒	ごびょう	10秒	じゅうびょう	60秒	ろくじゅうびょう

904 びょういん₂	【美容院】	∞ 床屋^{とこや}

名 美容院

905 ひらく₂	【開く】	→⁵開く^あ
ひらきます₃ ひらいて₂ ひらかない₃	自I 打開，開啓，開展； (店)開門營業	

例 そのドアは引くと開きます。
（那扇門一拉就會打開）

906 ひらく₂	【開く】	→⁵開ける
ひらきます₃ ひらいて₂ ひらかない₃	他I 打開，攤開，展開； 開(店)門營業	

例 テキストの11ページを開いてください。
（請翻開課本第11頁）

ひ

907 ひるま₃	【昼間】	⇔⁵夜
	名 白天	
908 ひるやすみ₃	【昼休み】	
	名 午休	
909 ひろう₀ ひろいます₄ ひろって₀ ひろわない₀	【拾う】	⇔⁵捨てる
	他I 拾，撿	
910 ひろさ₁	【広さ】	
	名 空間大小，寬敞度	
911 びん₁	【瓶】	
	名 瓶子	
912 ピンク₁	"pink"	
	名 粉紅色	

ひ

はひ **ふ** へほ

913 ふうふ₁	【夫婦】 名 夫婦
914 ふーん₀,₁ /フーン₀,₁	感 （表示猶豫、不満、思考、 輕微驚訝等）嗯，哼，哦
915 ふえ₀	【笛】 名 笛子
916 ふえる₂ ふえます₃ ふえて₁ ふえない₂	【増える】 ⇔減る 自II 増加，増多
917 ふかい₂ ふかかった₂ ふかくて₂ ふかくない₂-₄	【深い】 ⇔浅い イ形 （深度、色澤等）深的； （關係等）深厚的

「ふかくて」「ふかかった」按照重音規則應該是②前移一位變成①，但由
於「ふか」的「ふ」母音無聲化，所以重音退回到②。

ふ

	例 この川はとても深いから、危険です。 （這條河非常深，所以很危險）
	例 産業は地理と深い関係があります。 （産業與地理有著深刻的關係）

918 ふかさ2,1	【深さ】
	名 深度

919 ふくざつ0	【複雑】 ⇔5簡単
ふくざつだった5 ふくざつで。 ふくざつで(は)ない5,7	ナ形 名 複雑

類義代換

この機械は子供には複雑すぎます。
＝この機械は難しくて子供には使えません。

920 ふく1,2	【吹く】 ☆「笛を吹く」
ふきます3 ふいて1 ふかない2	⇔5吸う
	他I （用口）吹；吹奏

921 ふくしゅう0	【復習】 ⇔予習
	名 他III 複習

922 ふくろ3	【袋】 名 袋子
923 ふつう0 ふつうだった4 ふつうで0 ふつうで(は)ない4-6	【普通】　　　　☆「普通電車」 副 通常，一般 ナ形 名 普通，一般
例 うちから会社まで普通は1時間ぐらいかかります。 （從我家到公司通常要花一個小時）	
924 ふどうさんや0	【不動産屋】 名 房屋仲介店；房屋仲介商
925 ふとる2 ふとります4 ふとって2 ふとらない3	【太る】　　　　⇔痩せる 自I 胖，發胖
例 母は、若いときは太っていなかった。 （我媽媽年輕時並不胖）	
926 ふみきり0	【踏み切り】 名 平交道

ふ

927 ふむ。 ふみます₃ ふんで。 ふまない。	【踏む】 他Ⅰ 踩，踏
928 フライパン。	"frying pan" 名 平底鍋
929 ブラウス₂	"blouse" 名（寬鬆、質軟的）女裝上衣
930 プラットホーム₅	"platform"　　　　　→ホーム 名（列車）月台
931 プレゼント₂	"present"　　☆プレゼントする 　　　　　　　おく　もの 　　　　　　　→贈り物 名 禮物 他Ⅲ 送禮，贈送
932 ぶんか₁	【文化】 名 文化

933 ぶんがく₁	【文学】
	名 文學
934 ぶんしょ₁	【文書】
	名 文件
935 ぶんぽう₀	【文法】
	名 文法

へ

| 936 べつ₀ | 【別】　☆「別の紙に書き直す」 |
| | 名 ナ形 其他，另外 |

937 へび₁	【蛇】 名 蛇
938 へる₀ へります₃ へって₀ へらない₀	【減る】　　　　　　　　⇔増える 自I 減少
939 ベル₁	"bell"　　　　　　☆「玄関のベル」 名 鈴，電鈴
940 へん₁ へんだった₁ へんで₁ へんで(は)ない₁₋₅	【変】　　　　　　　　☆「変な人」 ナ形 奇怪，不尋常
941 べんごし₃	【弁護士】　　　　　　　☞職業 名 律師
942 へんじ₃	【返事】　　　　　☆「手紙の返事」 名 自他Ⅲ 回答，回應，回覆

へ

例 すぐ返事ができないので、少し考えさせてください。
(我無法馬上回答你，請讓我考慮一下)

はひふへほ

943 ほいくえん₃	【保育園】	
	名 托兒所的俗稱，育兒園	
944 ほいくし₃	【保育士】	☞職業
	名 (托兒所)保姆	
945 ほいくしょ₀,₄	【保育所】	
	名 托兒所	

ほ

946 ぼうえき。	【貿易】
	名 自Ⅲ 貿易

類義代換

外国とぼうえきをします。
＝外国から品物を買ったり、外国へ品物を売ったりします。

947 ほうそう。	【放送】　　　　　☆「テレビの放送」
	名 他Ⅲ 廣播,播送

948 ほうりつ。	【法律】
	名 法律

ほ

949 ほうれんそう₃	【ほうれん草】
	名 波菜

950 ボーイフレンド₅	"boy friend"　⇔ガールフレンド
	名 男性友人；男朋友

951 ホーム₁	"platform"　　→プラットホーム
	名 (列車)月台
952 ボール₀,₁	"ball"
	名 球,珠
953 ほし₀	【星】
	名 星星
954 ～ほど	→⁵くらい
	助 (數量、程度)約～,大致～

● ～ほど…ない。　　※表示程度不及前項

今日(きょう)は寒(さむ)いですが、きのうほどではありません。
(今天很冷,但沒有昨天那麼冷)

955 ほとんど₂	〖殆ど〗
	副 幾乎,將近全部

ほ

例 母はほとんど運動をしていません。 (我媽媽幾乎不做運動)	
956 ほね₂	【骨】 名 骨頭
957 ほめる₂ ほめます₃ ほめて₁ ほめない₂	【褒める】　☆「父に褒められる」 他II 稱讚，褒揚
958 ～ほん	【～本】 接尾 (公車、電車等)～班次
例 このバスは1時間に2本しかありません。 (這班公車一個小時只有2班)	
959 ほんやく₀	【翻訳】　　　☆翻訳する 名 他III 翻譯

ほ

まみむめも

960 まあ₁	☆「まあ、それでいいでしょう。」 副 表示姑且、勉強接受
961 マーク₁	"mark"　　　　　　☆マークする 　　　　　　　　　　　　　　しるし 　　　　　　　　　　　　　　→印 名 記號；標誌 自Ⅲ 作記號
962 マークシート₄	"日mark+sheet" 名 電腦閱卷答案卡
963 まいる₁ まいります₄ まいって₁ まいらない₃	【参る】 自Ⅰ [鄭] 去；來；在

例 先生、何時まで大学にいらっしゃいますか。
(老師，請問您今天會在大學待到幾點?)
→ きょうは5時までまいります。(我今天會待到5點)

219

964 まくら₁	【枕】	∽⁵布団
	名 枕頭	
965 まぐろ₀	〖鮪〗	
	名 鮪魚	
966 まける₀ まけます₃ まけて₀ まけない₀	【負ける】 自II 輸，敗北	⇔勝つ
967 まご₂	【孫】	
	名 孫子(包含孫女)；男孫	
968 まごむすめ₃	【孫娘】	
	名 孫女	
969 まじめ₀ まじめだった₄ まじめで₀ まじめで(は)ない₄₋₆	【真面目】 ☆「まじめに勉強する」 ナ形 名 認真	

| 970 | マスク₁ | "mask" | ☆「マスクをする」 |
| | | 名 口罩 | |

| 971 | また₀ | 【又】 |
| | | 接続 另外，另一方面，並且 |

例 紙と缶のごみの捨てる日が違います。また、捨てるところも決まっています。(紙張和罐子的垃圾丟棄日不同・並且・丟棄的場所也有固定)

| 972 | または₂ | 【又は】 | →それとも |
| | | 接続 或，還是 |

類義代換

1番の部屋か2番の部屋に行ってください。
= 1番の部屋、または2番の部屋に行ってください。

| 973 | まちがいでんわ₅ | 【間違い電話】 |
| | | 名 打錯電話 |

974 **まちがう**₃	【間違う】 ☆「ここが間違っている。」
まちがいます₅ まちがって₃ まちがわない₄	∽ 間違える 自I 出錯，有錯誤

975 **まちがえる**₄,₃	【間違える】 ∽ 間違う
まちがえます₅ まちがえて₃ まちがえない₄	他II 搞錯，弄錯

例 お客さんの言った言葉を間違えました。
(弄錯了客人説的話)

976 **まっすぐ**₃	【真っすぐ】〖真っ直ぐ〗
まっすぐだった₃ まっすぐで₃ まっすぐで(は)ない₃,₇	ナ形 副 直，筆直； 直接，不繞去他處

例 もう遅いし、疲れたから、まっすぐに帰ろう。
(已經晚了，而且又累，我們直接回家吧)

977 **まったく**₀	【全く】
	副 完全，確實，實在是

978 **まつり**₀,₃ /**おまつり**₀	【祭り】【お祭り】
	名 祭典，祭祀；慶典活動

ま

979 〜までに	
	連語 （前接時間，表期限）最遲在〜之前

例 あさってまでにこの手紙の返事を出してください。
（請在後天以前回這封信）

980 まにあう₃	【間に合う】
まにあいます₅ まにあって₃ まにあわない₄	自Ⅰ 趕得上，來得及

類義代換

約束の時間に間に合いませんでした。
＝約束の時間に遅れました。

981 マフラー₁	"muffler"
	名 圍巾

982 〜まま	〖〜儘〗
	名 照〜原樣，任憑〜不更動

例 テレビをつけたまま、寝てしまった。
（電視開著沒關就睡著了）

ま

983	まめ₂ /おまめ₂	【豆】【お豆】 名 豆子
984	まる₀	【丸】　　　　　∽四角、三角 　　　　　　　　　　⇔ばつ 名 圓形，圓圈；(符號)圈，○
985	まるで₀	 副 宛如

例 彼はまるでお酒を飲んだような顔をしています。
（他的臉一副好似喝了酒似的）

986	まわり₀	【周り】　　　　☆「周りの人」 名 周圍，周緣；周遭左右
987	まわる₀ まわります₄ まわって₀ まわらない₀	【回る】 自I 轉，繞行；繞到他處； 接連去到多處

例 ちょうどいい靴を買うために、店を5軒も回りました。
（為了買雙剛好的鞋，連續跑了5間店）

988 まんいん₀	【満員】	☆「満員電車」
	名 客満	
989 まんが₀	【漫画】	∞アニメ
	名 漫畫	
990 マンション₁	"mansion"	→⁵アパート
	名 高級公寓	
991 まんなか₀	【真ん中】	
	名 正中央	
992 まんねんひつ₃	【万年筆】	
	名 鋼筆	

ま

225

ま み む め も

993 みえる₂ みえます₃ みえて₁ みえない₂	【見える】 ☆「お客様が見え ました。」 自Ⅱ [敬] 來到，光臨
994 みぎがわ₀	【右側】 ⇔左側 名 右，右邊
995 みぎて₀	【右手】 ⇔左手 名 右手；右手邊
996 みずうみ₃	【湖】 名 湖，湖泊
997 みそ₁	【味噌】 名 味噌

み

998 みそしる₃	【みそ汁】 名 味噌湯
999 みつかる₀ みつかります₅ みつかって₀ みつからない₀	【見つかる】 ☆「かぎが見つかり ません。」 自I 能找到，被發現
1000 みつける₀ みつけます₄ みつけて₀ みつけない₀	【見つける】 ∞見つかる 他II 找到，發現

例 あの人が私のかばんを見つけてくれました。
（那個人幫我找到了我的包包）

例 きのうデパートへ行って、これを見つけました。
（我昨天去百貨公司，發現了這個東西）

1001 みな₂	【皆】 →⁵みんな 名 全部；大家 代 大家
1002 みなさま₂	【皆様】 →⁵みなさん 名 [敬] 各位

み

1003 みなと。	【港】
	名 港，港口
1004 みまい。 /おみまい。	【見舞い】【お見舞い】
	名 探病，慰問； 慰問卡，慰問禮品
例	田中さんが入院したので、お見舞いに行きました。 （田中先生住院了，我去探望他）
1005 みやげ。 /おみやげ。	【土産】【お土産】
	名 旅行或外出帶回送人的 特產、紀念品等
例	山本さんに旅行のおみやげをもらいました。 （我從山本小姐那兒收到旅行帶回的禮物）
1006 ミルク₁	"milk" →⁵牛乳
	名 牛奶；加工乳品（奶粉、 煉乳等）

み

まみ む めも

1007 むか<u>う</u>。 むかいます₄ むかって。 むかわない。	【向かう】 自I 面對，正面朝向〜
例 わたしの家は駅に向かって右です。 （我家位於面向車站時的右方）	
1008 むか<u>える</u>。 むかえます₄ むかえて。 むかえない。	【迎える】　　　　　⇔送る 他II 迎接
例 友だちを迎えに空港へ行きました。 （為了接朋友而去了機場）	
1009 むかし。	【昔】　　　　　　　⇔⁵今 名 往昔，從前
1010 むこ<u>うがわ</u>。	【向こう側】　　　　→⁵向こう 名 對面；對方

む

1011 むし。	【虫】 名 蟲
1012 むすこ。	【息子】　　　　　　　むすめ 　　　　　　　　　　　　⇔ 娘 名 兒子
1013 むすこさん。	【息子さん】　　　　むすめ 　　　　　　　　　　　　⇔ 娘さん 名 [敬] 公子，令郎
1014 むすめ₃	【娘】　　　　　　　　むすこ 　　　　　　　　　　　　⇔ 息子 名 女兒
1015 むすめさん。	【娘さん】　　　　　　むすこ 　　　　　　　　　　　　⇔ 息子さん 名 [敬] 千金，令嬡
1016 むね₂	【胸】 名 胸部

む

1017 むり₁	【無理】
むりだった₁ むりで₁ むりで(は)ない₁-₅	ナ形 名 強人所難，不能 名 自Ⅲ 勉強，硬撐

例 仕事を続けるのは無理だと思う。
（我想我很難繼續工作）

例 熱が高い時は、無理をしないほうがいい。
（發高燒時，還是不要勉強比較好）

類義代換

一人で全部食べるのは無理です。

＝一人で全部食べられません。

まみむめも

1018 め₁	【目】　　　　☆「目が悪くなる」
	名 眼睛；視力

● お目にかかる　　　　※「会う」的謙讓説法

この間、お父様にお目にかかりました。
あいだ　　とうさま

(我前幾天遇到您父親)

1019 めいし。	【名刺】
	名 名片

1020 めしあがる 0,4	【召し上がる】
めしあがります 6 めしあがって。 めしあがらない。	他I [敬] 吃，喝，用餐

類義代換

人に「何を召し上がりますか」と聞きました。
ひと　　なに

＝人に「何を食べますか」と聞きました。
た

1021 めずらしい 4	【珍しい】
めずらしかった 3/4 めずらしくて 3/4 めずらしくない 3/4-6	イ形 新奇的，珍異的；少有的

例　動物園では珍しい動物を見ることができます。
どうぶつえん　　　　　　　　み

(在動物園可以看到珍奇的動物)

例　あなたがほめてくれるなんて珍しい。

(你會稱讚我，真是稀奇)

め

1022	メニュー₁	"法menu"
		名 菜單

◎ メモを取る　　　　　　　　　　　※作筆記

問題用紙にメモを取ってもいいです。

もんだいようし

と

(試題冊上可以作筆記)

まみむめも

1023	もう。	→⁵もうすぐ
		副 即將，就要

◎ もうしわけありません。

申し訳ありません。あしたは参れません。

もう　わけ　　　　　　　　　　　　　まい

(非常抱歉，我明天無法來)　　　　　※深深致歉

1024 もうす₁ もうします₄ もうして₁ もうさない₃	【申す】 他I［鄭］説，講
例 わたしは田中（たなか）と申します。 （我叫做田中）	
1025 もえないごみ₆	【燃えないゴミ】 名 不可燃垃圾
1026 もえる₀ もえます₃ もえて₀ もえない₀	【燃える】 自II 燃燒，起火
例 ガソリンは燃えやすい。 （汽油很容易起火）	
1027 もえるごみ₅	【燃えるゴミ】 名 可燃垃圾
1028 もくよう₃ /もく₁	【木曜】【木】　　→⁵木曜日 名 星期四

1029 もし₁	【若し】
	副 如果，假使，萬一

例 もし、誰かに10万円もらったら、どうしますか。
(如果有人給你十萬日圓，你會怎麼花?)

1030 もじ₁ /もんじ₁	【文字】
	名 文字

1031 もちろん₂	【勿論】
	副 當然，不用說

即時應答

来週おじゃましてもいいですか。
(我下星期可以去你家拜訪嗎?)

→ もちろんです。(當然沒問題)

1032 もどる₂ もどります₄ もどって₂ もどらない₃	【戻る】 自I 回到，返回

例 みなさん、席に戻ってください。
(大家，請回座)

1033 もみじ₁	【紅葉】
	名 紅葉

1034 もめん₀	【木綿】 ∞ウール、絹 (きぬ)
	名 棉，棉花；棉織品

1035 もり₀	【森】 → 林 (はやし)
	名 森林，樹林

1036 もんだい₀	【問題】 ☆「世界 (せかい) の人口 (じんこう) 問題」
	名 題目，試題；課題；問題，惱人的事

例 この問題は間違 (まちが) えやすい。
(這一題很容易錯)

例 この部屋は大 (おお) きさも場所 (ばしょ) も問題ないと思 (おも) います。
(這間房子不論大小或是地點，我都覺得沒問題)

Δ 1037 もんだいようし₅	【問題用紙】
	名 考試卷，試題冊

Δ「問題用紙」是日本語能力試驗聽解測驗中，以日文講解答題方法時會出現的字彙。

やゆよ

1038 や<u>きそば</u>。	【焼きそば】	
	名 日式炒麵	
1039 や<u>きにく</u>。	【焼肉/焼き肉】	
	名 烤肉	
1040 や<u>く</u>。 やきます₃ やいて₀ やかない₀	【焼く】 ☆「パンを焼く」 　　　　　　　　　　∞焼ける 他I 焼，焚焼； 　　　焼烤(食物、陶瓷等)	
1041 や<u>くそく</u>。	【約束】 ☆約束する 名 約定；約會 他Ⅲ 約定	

◎ 役に立つ　　　　　　　　　　※派上用場，有用

この辞書は、漢字を調べるときにとても役に
立ちます。　　　　　(這本字典在查漢字時非常有用)

1042 や<u>け</u>る₀ やけます₃ やけて₀ やけない₀	【焼ける】　　☆「家が焼けた。」 自II　著火，被燒毀； （食物、陶瓷等）烤好
1043 や<u>さしい</u>₀ やさしかった₂/₃ やさしくて₂/₃ やさしくない₅	【優しい】　　→親切 イ形　溫和的，柔美的； 親切的，體貼的
1044 ～や<u>す</u>い 	⇔～にくい 接尾　容易～的

※「家が焼けた。」 ∞<ruby>焼<rt>や</rt></ruby>く

→<ruby>親切<rt>しんせつ</rt></ruby>

類義代換

ここは<ruby>滑<rt>すべ</rt></ruby>りやすいので<ruby>気<rt>き</rt></ruby>をつけてください。
＝ここは<ruby>歩<rt>ある</rt></ruby>きにくいです。

1045 や<u>せ</u>る₀ やせます₃ やせて₀ やせない₀	【痩せる】　　⇔太る 自II　痩，消瘦

⇔<ruby>太<rt>ふと</rt></ruby>る

類義代換

<ruby>阿部<rt>あべ</rt></ruby>さん、ちょっと痩せましたね。
＝阿部さんはちょっと<ruby>細<rt>ほそ</rt></ruby>くなりました。

「やさしくて」「やさしかった」按照重音規則應該是③，但「しく」「しか」
的「し」母音無聲化，所以重音前移至②，但新式發音則維持重音在③。

1046 や|ちん₁	【家賃】 ∞ 大家（おおや）
	名 房租
1047 やっと₀,₃	
	副 總算，終於
例 難（むずか）しい問題（もんだい）でしたが、やっと答（こた）えがわかりました。 （雖然是很難的問題，但總算知道了答案）	
1048 や|ね₁	【屋根】
	名 屋頂
1049 やば|り₂ /やっぱり₃	☆「やっぱりそうだ。」
	副 果然；仍然還是
例 彼（かれ）は来（こ）ないと言（い）っていたが、やっぱり来（こ）なかった。 （他一直說不要來，果然是沒來）	
1050 やま|のぼり₃	【山登り】
	名 登山

や

239

1051 **やむ**₀ やみます₃ やんで₀ やまない₀	【止む】　　　★「<ruby>雨<rt>あめ</rt></ruby>/<ruby>風<rt>かぜ</rt></ruby>が止む」 自I 停歇，中止
1052 **やめる**₀ やめます₃ やめて₀ やめない₀	【辞める】　　☆「<ruby>仕事<rt>しごと</rt></ruby>を辞める」 他II 辭去，辭職
1053 **やりなおす**₄ やりなおします₆ やりなおして₄ やりなおさない₅	【やり直す】 他I 重新做，重來
1054 **やわらかい**₄ やわらかかった₃/₄ やわらかくて₃/₄ やわらかくない₃/₄₋₆	【柔らかい】　　　　　⇔かたい イ形 柔軟的

や

1055 ゆ₁ /おゆ₀	【湯】【お湯】 名 熱開水；洗澡水，熱水
1056 ゆうえんち₃	【遊園地】 名 遊樂園
1057 ゆうじん₀	【友人】 →⁵友達 名 友人，朋友
1058 ゆうびんばんごう₅	【郵便番号】 名 郵遞區號
1059 ゆうびんやさん₀	【郵便屋さん】 ☞職業 名 [敬]郵差先生

1060 ゆか₀	【床】	てんじょう ∞天井
	名 地板	
1061 ゆしゅつ₀	【輸出】	☆輸出する ゆにゅう ⇔輸入
	名 他Ⅲ 輸出，出口	
1062 ゆにゅう₀	【輸入】	☆輸入する ゆしゅつ ⇔輸出
	名 他Ⅲ 輸入，進口	
1063 ゆび₂	【指】	
	名 手指，腳趾	
1064 ゆびわ₀	【指輪】	
	名 戒指	
1065 ゆめ₂	【夢】	☆「夢を見る」
	名 夢；夢想；妄想，空想	

ゆ

1066 ゆれる。	【揺れる】
ゆれます₃ ゆれて。 ゆれない。	自II 搖擺，晃動

例 地震で家が揺れています。
（房子因為地震而在搖晃）

1067 よいしょ₁	
	感 （使力時發出的聲音） 喲咻，嘿咻
1068 よう₁ /～よう	【用】 ☆「旅行用のかばん」 →用事
	名 事，要事；～用途

よ

1069 ようい₁	【用意】	→支度、準備
	名 他Ⅲ（刻意）準備	

例 母は晩ごはんに魚を用意してくれました。
（母親特地在晚餐為我們準備了魚）

1070 ようこそ₁		☆「日本へようこそ。」
	副 感謝蒞臨，歡迎來訪	

1071 ようじ₀	【用事】	→用
	名 事，要事	

例 その用事が終わったら台所に来てください。
（你那件事忙完了之後到廚房來一下）

即時應答

どうして昨日来なかったの。（你昨天為什麼沒來？）

→ ごめん。急に用事ができて。（對不起・臨時有事）

1072 ようしつ₀	【洋室】	∞和室
	名 西式房間	

よ

1073 ようしょく。	【洋食】 ∞和食 　　　　わ しょく
	名 西餐，西式料理

● **~ようだ/な/に**　※形容性質或外表有如~

キムさんは疲れて死ぬように寝ている。
　　　　　つか　　　　し　　　　　　ね
(金先生累到睡得有如死了一樣)

● **~ようだ。** 　※表示不確定的推測或印象

先週は、図書館が休みだったようだ。
せんしゅう　と しょかん　やす
(上個星期，圖書館好像是休息)

1074 ようちえん3	【幼稚園】
	名 幼稚園

● **~ような/に** 　※舉具體例子比喻・表示~之類的

私は母を泣かせるようなことはしたくない。
わたし　はは　な
(我不想做出會讓母親哭泣之類的事)

● **~ように** 　※表示目標、期待或吩咐等內容

上手に話せるように何度も練習しました。
じょうず　はな　　　　　　　なん ど　れんしゅう
(為了能夠說得好而練習了好幾次)

よ

245

1075 ようび。	【曜日】
	名 星期(的各天)
1076 ヨーロッパ₃	"葡Europa"
	名 歐洲

● よく、いらっしゃいました。

よくいらっしゃいました。(歡迎你來)

※歡迎對方來訪的招呼語

| 1077 よごれる。
よごれます₄
よごれて。
よごれない。 | 【汚れる】
自II 弄髒 |

類義代換

手が汚れています。
＝手が汚いです。

| 1078 よしゅう。 | 【予習】 ⇔復習 |
| | 名 他III 預習 |

よ

1079 よてい。	【予定】
	名 他Ⅲ 預定，計畫

即時應答

あしたいっしょに出かけませんか。
(明天一起出去玩怎麼樣?)
→ あしたは友だちがうちに来る予定なんです。
(明天我朋友預定要來我家)

1080 よやく。	【予約】　☆「レストランを 予約する」
	名 他Ⅲ 預定，預約
1081 ～より	
	助 (表示比較的對象)比～

反義對照

東京は大阪より大きいです。

大阪は東京ほど大きくありません。
(東京比大阪還大) (大阪沒有東京那麼大)

よ

1082 よる。	【寄る】
よります。 よって。 よらない。	自Ⅰ 靠近，挨近;順道去～

1083 よろこぶ₃ 【喜ぶ】

よろこびます₅
よろこんで₃
よろこばない₄

自I 高興，喜悅
他I 喜歡

例 彼がこのプレゼントを喜ぶかどうかわかりません。
(不知道他會不會喜歡這個禮物)

1084 よろしい₀,₃ 【宜しい】 →⁵よい

よろしかった₂/₃
よろしくて₂/₃
よろしくない₅

イ形 [鄭] 可以的，妥適的

例 先生、お飲み物は何がよろしいですか。
(老師，您飲料要喝什麼？)

● よろしくおつたえください。

では、お元気で。ご両親にもよろしくお伝えください。(那麼，請保重，也代我向您父母轉達問好之意)

1085 よわい₂ 【弱い】 ⇔強い

よわかった₁/₂
よわくて₁/₂
よわくない₁/₂-₄

イ形 微弱的；柔弱的；
能力弱的，耐不住的

例 わたしは暑さに弱いです。
(我很怕熱)

「よろしくて」「よろしかった」按照重音規則應該是③，但「しく」「しか」的「し」母音無聲化，所以重音前移至②，但新式發音則維持重音在③。

よ

ら りるれろ

1086 ライオン₀	"lion" 名 獅子
● ～らしい。 　　　　　※表示聽說～、據說～ こんど で 今度出るカメラは、もっと値段が安いらしいよ。 (聽說這回要推出的相機，價格將更便宜喔)	
1087 らん₁	【欄】 名 (表格)欄，欄框

ら り るれろ

1088 りこん。	【離婚】	⇔⁵結婚
	名 自Ⅲ 離婚	
1089 リットル。 /～リットル₁	"法litre"	
	名 公升;～公升	
1090 リボン₁	"ribbon"	
	名 緞帶，絲帶	
1091 りゆう。	【理由】	→訳 わけ
	名 理由	
1092 りょう₁	【寮】	
	名 宿舍	

り

1093 りよう。	【利用】
	名 他III 利用，使用

例	ATMを利用するときにはこのカードを持っていきます。
	（使用ATM時，要帶這張卡去）
例	この図書館は9時まで利用することができます。
	（這所圖書館可以使用到9點）

1094 りょうほう₃,₀	【両方】
	名 雙方，兩邊

1095 りょうりにん₀,₃	【料理人】 ☞職業
	名 廚師；掌廚者，做菜的人

1096 りょかん₀	【旅館】 →⁵ホテル
	名 （日式）旅館

り

らり**る**れろ

1097 る̄す₁	【留守】
	名 自Ⅲ 外出，不在家

類義代換

妹は今留守です。
いもうと　いま　　　る　す

＝妹は今うちにいません。

らり**る**れろ

る

1098 れいぶん。	【例文】
	名 例句

1099 れいぼう₀	【冷房】 ⇔暖房 <small>だんぼう</small> 名 冷氣(效果)；冷氣設備
1100 レーンコート₄	"raincoat" 名 雨衣
1101 れきし₀	【歴史】 名 歴史
1102 レジ₁	"register" 名 收銀機；收銀台
1103 レシート₂	"receipt" 名 (收銀機打出的)收據
1104 れっしゃ₀,₁	【列車】 名 列車

れ

1105 レベル₀,₁	"level" 名 水準
1106 レポート₂,₀ /リポート₂,₀	"report" 名 報告，報告書
1107 レモン₁,₀	"lemon" 名 檸檬
1108 れんらく₀	【連絡】　　　　☆連絡する 名 自他Ⅲ 聯絡，聯繫，通知

類義代換

田中さんの奥さんにすぐ連絡してください。
＝田中さんの奥さんにすぐ伝えてください。

れ

らりるれ **ろ**

1109 ろくおん。	【録音】 ☆「録音テープ」 名 他Ⅲ 録音	
1110 ロッカー₁	"locker" ∞コインロッカー 名 (可上鎖的)寄物櫃	

1111 ～わ	【羽】 ☞ 助数詞
	接尾（鳥、兔子）～隻
1112 わかす。 わかします₄ わかして。 わかさない。	【沸かす】 ∽ 沸く 他I 燒熱（液體），燒水
1113 わかもの。	【若者】 ⇔ 年寄り 名 年輕人
1114 わかれる₃ わかれます₄ わかれて₂ わかれない₃	【別れる】 自II 分手，告別；離散
例 鈴木さんと昼ごろ駅で別れました。 （我在中午左右在車站和鈴木先生分手） 例 王さんは家族と別かれて一人で住んでいます。 （王小姐和家人分離，一個人住）

1115 わく。 わきます₃ わいて。 わかない。	【沸く】　　　　　　　　∞沸かす 自Ⅰ（液體）沸騰，（水）煮滾
即時應答 もうすぐお客さんが来るから、お湯を 沸かしてください。（客人就快來了，去燒開水） → もう沸いていますよ。（已經燒開了）	
1116 わけ₁	【訳】　　　　　　　　→理由 名 理由，原因
類義代換 先生はどうしてクラスに来なかったの か尋ねました。 ＝先生はクラスに来なかった訳を聞きました。	
1117 わざわざ₁	☆「わざわざおいでくださって 　　ありがとうございます。」 副 特地，特意，專程
1118 わしつ。	【和室】　　　　　　　　∞洋室 名 和室

わ

1119 わしょく。	【和食】 ∞洋食
	名 日本料理

1120 わらう。	【笑う】
わらいます。 わらって。 わらわない。	自I 笑 他I 嘲笑

例 父は面白いことを言ってよくみんなを笑わせる。
(父親常說有趣的事逗大家笑)

例 人の失敗を笑ってはいけません。
(不可以嘲笑別人的失敗)

1121 ～わり	【～割】 ∞パーセント
	接尾 ～成；(折扣)～折

例 この店では品物が1割安く買えます。
(在這家店可以用便宜1成的價格買到東西)

1122 わりあい(に)。	【割合(に)】
	副 (比起其他或想像中更) 相當，比較地

例 このお菓子は割合に甘い。
(這個零食沒想到還蠻甜的)

わ

1123 わる｡	【割る】	∞割れる
わります₃ わって｡ わらない｡	他Ⅰ 弄破，打破	
1124 われる｡	【割れる】	∞割る
われます₃ われて｡ われない｡	自Ⅱ 破，裂，碎	

類義代換

子供がまどガラスを割っちゃった。

＝ まどガラスが割れた。

1125 わんわん₁	名 (幼兒語)小狗
	副 (狗的叫聲)汪汪； (人的大哭聲)哇哇

付録

アナウンサー3	"announcer"	播報員
きしゃ1,2	【記者】	記者
かいしゃいん3	【会社員】	公司職員
こうむいん3	【公務員】	公務員
けいさつ0	【警察】	警察
きょうし1	【教師】	教師
いしゃ0	【医者】	醫生
べんごし3	【弁護士】	律師
はいしゃ1	【歯医者】	牙科醫生
かんごふ3	【看護婦】	女護士
かんごし3	【看護師】	護理人員
ほいくし3	【保育士】	托兒所保姆

えきいん2,0	【駅員】	車站站員
てんいん0	【店員】	店員
ぎんこういん3	【銀行員】	銀行員
えいぎょういん3	【営業員】	業務員
えいぎょうマン3	【営業マン】	業務員
おんがくか0	【音楽家】	音樂家
がか0	【画家】	畫家
さっか0,1	【作家】	作家
せいじか0	【政治家】	政治家
かしゅ1	【歌手】	歌手
はいゆ0	【俳優】	演員
スポーツせんしゅ5	【スポーツ選手】	體育選手
スチュワーデス3	"stewardess"	空中小姐
エンジニア3	"engineer"	工程師
りょうりにん0,3	【料理人】	廚師
うんてんしゅ3	【運転手】	司機
ゆうびんやさん0	【郵便屋さん】	[敬]郵差先生

助数詞 ^{じょすう し} ⬇️ ➡️

	~軒_{けん}	~足_{そく}
1	いっけん　　　1軒	いっそく　　　1足
2	にけん　　　　2軒	にそく　　　　2足
3	さんげん＊　　3軒	さんぞく＊　　3足
4	よんけん　　　4軒	よんそく　　　4足
5	ごけん　　　　5軒	ごそく　　　　5足
6	ろっけん　　　6軒	ろくそく　　　6足
7	ななけん　　　7軒	ななそく　　　7足
8	はちけん はっけん　　8軒	はっそく　　　8足
9	きゅうけん　　9軒	きゅうそく　　9足
10	じゅっけん じっけん　　10軒	じゅっそく じっそく　　10足
？	なんげん＊ なんけん　　何軒	なんぞく＊ なんそく　　何足

	〜頭 （とう）	〜羽 （わ）
1	いっとう　1頭	いちわ　1羽
2	にとう　2頭	にわ　2羽
3	さんとう　3頭	さんわ さんば＊　3羽
4	よんとう　4頭	よんわ よんば＊　4羽
5	ごとう　5頭	ごわ　5羽
6	ろくとう　6頭	ろくわ ろっぱ＊　6羽
7	ななとう　7頭	ななわ　7羽
8	はっとう はちとう　8頭	はちわ はっぱ＊　8羽
9	きゅうとう　9頭	きゅうわ　9羽
10	じゅっとう じっとう　10頭	じゅうわ じゅっぱ＊ じっぱ＊　10羽
？	なんとう　何頭	なんわ なんば　何羽